ワレンさんはスパイダーシルクを隅々
それが終わると商談を再開した。
「いや、素晴らしいスパイダーシルクだ、糸の 経路はリリィさんのとなりにいるラージシルクスパイダーからなのだろうが、綺麗に織れている。これなら高値で買い取ることができるよ」
ワレン
リリィ
タラト

「では、【魔法裁縫】発動！」
私の魔力が型紙と生地を包み込んで光の玉となり、
消えたあとには型紙とエプロン、
エプロンに使われた布地が減った生地が出てきた。

「万能染色剤！　出番だよ！」
女神様が用意してくれた裁縫セットの中にあった染色剤。
使い方は簡単、自分の使いたい色をイメージしながら、
染めたい部分に触れるだけ。

テイマーとしても、魔法裁縫士としても、
ふたりは最高の相棒！

私、蜘蛛なモンスターをテイムしたので、スパイダーシルクで裁縫を頑張ります！
I've tamed a spider monster, so I'm going to try my best at sewing with spider silk!
あきさけ
[illustration] タムラヨウ

本文・口絵イラスト：タムラヨウ
デザイン：寺田鷹樹（GROFAL）

CONTENTS

I've tamed a spider monster, so I'm going to try my best at sewing with spider silk!

プロローグ

「ありがとうございました！」

「おう、いままでありがとな、リリィちゃん！」

「安軒《やすけん》さんもお元気で！」

……私のことをごひいきにしてくれていた顧客《こきゃく》の安軒さんも来てくれた。

そろそろ店じまいかな。

「ありがとう、リリィ」

＊

私はＶＲ空間から現実世界へと覚醒《かくせい》する。

今日はＶＲＭＭＯＲＰＧ『ミズガルズライフ』のサービス最終日だ。

サービス終了《しゅうりょう》まであと二時間ほど残っているけど、お得意様へのあいさつは終わったし、ログアウトして私のゲームはおしまい。

長年愛用してきたアバターの『リリィ』ともお別れだ。

私は十歳《さい》の頃《ころ》に発見された病気で入院生活を余儀《よぎ》なくされた。

勉強自体はオンライン授業で受けられたけど、学校生活はできない。

もちろん友達《ともだち》だって少なかった。

そんな私に両親がプレゼントしてくれたのが『ミズガルズライフ』である。

このゲームはまあ、よくある一般《いっぱん》的なVRMMORPGだったけど、PvP要素を極端《きょくたん》に排除《はいじょ》し、課金で手に入るアイテムなどもオシャレ用のものばかりと良心的な設計だ。

私はこの世界におけるアバターとして『リリィ』を作り出し世界中を旅して回った。

高レベル帯でしか行けないダンジョンなど以外の観光名所はほぼ行ったはずである。

そんな観光名所巡《めぐ》りは三年もあれば終わってしまい、そのあとなにをしていたかと言えば『職人プレイ』だ。

私はメイン職業として『テイマー』を選んでいたけど、その中で蜘蛛《くも》系の魔物《まもの》がシルクの原料になる糸を作ってくれるのである。

それを活《い》かすために裁縫《さいほう》系スキルを鍛《きた》え、一流の服飾師《ふくしょくし》として残りの期間を過ごした。

先ほどの安軒さんを始め多くの愛用者を抱《かか》えるそれなりのプレイヤーだったと自負している。

さすがにトッププレイヤーが着るような一流の防御《ぼうぎょ》用装備は作れないけど、見た目が綺麗《きれい》なオシャレ装備や同じ職人が使うのに便利な付与《ふよ》などは一式持っているので、それを武器にしていたのだ。

売り上げは……まあ、そこそこだったけど、私なりに満足している。

あ、あと、運営が主催《しゅさい》したオリジナルデザインの服作りでも何回か入賞経験がある。

そのトロフィーなんかも私のお店には飾《かざ》ってあった。

そこがちょっと自慢《じまん》かな。

ともかく『ミズガルズライフ』の私はそんな感じで幕を閉じた。

そして私の余命も残り少ない。

お父さんやお母さんより早く死んじゃうのは申し訳ないけど、病気の進行がものすごく早かったのだ。

若いっていうのもいいことばかりじゃないね。

『ミズガルズライフ』終了から一年ちょっとが経《た》った頃、私の人生も幕を閉じた。

あまり苦しまずに死ねたからよかった……かな？

＊

「……あれ？」

私は知らないベッドの上で目を覚ました。

天井《てんじょう》も無機質な病院の天井ではなく、ログハウスの天井のような木組みのものだ。

それに息苦しさが全然ない。

さっきまではあんなに息苦しかったのに。

寝《ね》たままでも仕方がないので体を起こしてみると、やっぱり体に力が入ってすんなり起こせた。

薄《うす》い布団《ふとん》から出てみると、私は一糸まとわぬ全裸《ぜんら》の姿。

肌《はだ》をこする布の感覚で想像はできていたけど、実際に見ると恥《は》ずかしい。

部屋に備え付けてあった鏡で姿を確認《かくにん》すると、小柄《こがら》な黒髪《くろかみ》をしたエルフの姿があった。

これって『リリィ』の姿だよね？

仕方がないので布団で体を包みながら室内を調べると、寝室《しんしつ》を出た部屋のテーブルの上に手紙とリュックが置いてあった。

私はまず手紙の内容を見てみることにする。

書かれている内容は以下の通りだった。

『拝啓《はいけい》　笹木《ささき》百合《ゆり》様
私はこの世界における生命の女神《めがみ》ユグドライア。

あなたは地球において死んでしまいました。

ですが、あなたの病気は本来かかるはずのものではなく、私の世界から漏《も》れ出した力が原因です。

可能であればあなたを地球で生き返らせてあげたかったのですが、世界が違《ちが》うためそれも叶《かな》わず、地球の神々も別世界の理《ことわり》からなる病を治すことはできませんでした。

そのため、あなたには私の世界で生きていけるよう新しい器《うつわ》を用意いたしました。

いわゆる異世界転生というものです。

あなたの許可なしに転生させたため、あなたが拒否《きょひ》をするのであれば輪廻《りんね》の輪に戻《もど》すこともできます。

輪廻の輪に戻りたい場合、黒い扉《とびら》のある寝室でお眠《ねむ》りください。

この世界で生きていくことを望まれる場合、いま出てきた寝室をお使いください。

この世界ですが、あなた方の世界でいう剣《けん》と魔法の世界です。

魔物という存在はいますが魔王はいません。

この世界で生きていくことを望まれる場合、この部屋の本棚《ほんだな》にある本を参考にしてください。

一般的な武器の扱《あつか》い方と薬草などの図鑑《ずかん》、魔法の取得方法などが書いてあります。

また、この小屋には約一カ月分の食料が置いてあります。

服や当面の路銀などは一緒《いっしょ》に置いてあるリュックの中に入っていますので自由にお使いください。

それでは、よい人生を。

女神ユグドライア』

うーん、やっぱり転生、それも異世界転生か……。

小屋の中を見渡《みわた》すと確かに黒い扉もあるから、そっちで眠れば安楽死のようなことができるんだね。

でも、せっかく新しい人生を過ごすチャンスを得られたんだから、楽しまなくちゃ損だよね。

お父さん、お母さん、私はこの世界で生きていくよ。

だから、もう心配しないでね。

第一章　新しい人生

私が目覚めてから三週間はこの世界の知識と生きていくための力を身につける時間に使った。

三週間といってもこの世界基準の三週間であり十八日間だ。

この世界では一週間が六日間で、それぞれ『火』『水』『風』『土』『光』『闇《やみ》』と曜日が呼ばれているらしい。

一般《いっぱん》的なお休みは闇曜日。

そして一カ月は五週間なので三十日である。

女神《めがみ》様は私に懐中時計《かいちゅうどけい》も用意してくれていて、これを見れば今日が何月何日何曜日かわかる優《すぐ》れものだ。

でも、動力はどうなっているんだろう？

この世界の知識としては、この国の通貨単位が『ルビス』であることが示されていた。

ほかの国では別の通貨が使われているらしい。

また、この世界にはマナと呼ばれる成分がどこにでも存在し、これを用いて魔法《まほう》などが発動するようだ。

うーん、ファンタジーのど定番。

あと、スキルもあるらしいがなんでも調べられる鑑定《かんてい》スキルや容量無制限のアイテムボックスにストレージ、レベル、ステータスはない。

でも、道具にかかっている付与《ふよ》を調べる『鑑定ルーペ』は売っているそうだ。

スキルがある理由は、『スキルクリスタル』と呼ばれるものがあるそうで、これを使うとスキルクリスタルに応じたスキルを身につけることができるそうだ。

ただし、一回限りの使い捨てなのでとても高価だという。

どんなメジャーなスキルのスキルクリスタルでも、貴族の子どもに使わせる目的で買い占《し》められるため一般人で手に入れる機会はまずないらしい。

スキル自体は何回も練習していれば覚えられると考えられているので、貴族以外は普通《ふつう》に訓練を積んで技術を磨《みが》くのが一般的だそうな。

でも、私にはいくつかのスキルクリスタルを女神様が用意してくれていた。

各属性魔法と『生活魔法』に『命魔法』、『付与魔法』、『魔法紡織《ぼうしょく》』と『魔法裁縫《さいほう》』だ。

『命魔法』とは回復魔法の総称《そうしょう》らしい。

『魔法紡織』と『魔法裁縫』は魔法を使って糸や布、服を作る技術である。

これは私が『ミズガルズライフ』で服飾師《ふくしょくし》として生活していたから、この世界でもやりたいんじゃないかと特別に用意してくれていたようだ。

そのほか小屋にあったものは、私の着替《きが》えが入っていたかなり大きなリュックにいろいろな種類の装備、各種生活雑貨、約一カ月分の食料、当面の生活費であろう資金五万ルビス、それに先ほども出てきたこの世界の知識についてなどを書いた本がある本棚《ほんだな》だ。

武器は私が思いつきそうなものは全部置いてあった。

剣《けん》や槍《やり》みたいなメジャーなものから鞭《むち》みたいな本当に使えるのか怪《あや》しいものまですべてだ。

一通り扱《あつか》ってみたけど、私は片手で使える長さの槍をメインに左手には全身を隠《かく》せるほど大きな盾《たて》、サブ武器に短剣と魔力増幅《ぞうふく》用の杖《つえ》、それから鞭を選んでみた。

メインと短剣は真面目《まじめ》に選んだけど、鞭はほとんど趣味《しゅみ》だ。

『ミズガルズライフ』で使っていたから多少扱えるので持っていくことに決めた。

これらの武器と魔法を使っての訓練用の的を使っての練習も行ったよ。

保管されていた魔物の死骸《しがい》を使って解体もしてみたけど、あまり上手《うま》くはいかなかったな。

そのようにして先ほども述べた通り、私はこの小屋で三週間過ごした。

そろそろ人里に向けて出発しようと思う。

女神様の手紙には続きがあって、この小屋を出発したら小屋にはもう戻《もど》れないから持ち出すものは慎重《しんちょう》に選べと書かれていた。

なので、持ち出すものは慎重に選ぶ……つもりだけど、装備以外は結構持ち出せるんだよね。

持ち運ぶ手段は当然女神様がくれたリュックになるんだけど、これがかなり大きめの登山用リュックみたいな構造になっていて容量がとにかく多い。

さらに、このリュック、どうにも見た目の容量以上に物が入るみたいなんだよね。

試《ため》しにこの小屋にあった本棚の本を片《かた》っ端《ぱし》から詰《つ》めてみたんだけど、全部入ったし。

薄《うす》いものもあったけど辞典並みの厚さの本もあったのに全部入る。

その状態から食器などを詰めても全部入った。

水筒《すいとう》は横のポケットに入れたけど、それ以外は全部リュックの中だ。

ちなみに、この中には既《すで》にテントなどの旅用品も一式入っている。

私は見たことがないけど、地球にあったワンタッチ式の簡単設営式テントだ。

うん、女神様もずいぶんと奮発してくれたんじゃないかな。

さすがに武器を全部入れるスペースはなかったので、鞭だけをリュックに入れて持っていくことにした。

槍と魔力を増幅してくれる杖はリュックの右側に取り付け、左側には盾を取り付けた。

結構な重量になったけど、そこは女神様スペックの体、この程度では屈《くっ》しない。

こうして、保存できない食品類と武器以外のほぼすべてをリュックの中に詰め込《こ》んで、私は旅に出ることにした。

行く先はもっとも近くにあるという街『ネイスト』だ。

ここで、本からでは得られなかった知識を調べることにしよう。

この先の人生、どんなことが待ち構えているかわからないけど、悔《く》いがないよう精一杯頑張《せいいっぱいがんば》ろう。

そうして三週間お世話になった小屋を出て私はひとつだけあった道の奥《おく》へと足を進めた。

ほかは完全に森の中へと続いているから通れないんだよね。

こっちは獣道《けものみち》みたいに草木が分けられているから通りやすい。

でも、森の中なのは変わらないから慎重にいかないと。

森の中を一時間ほど進んだけど、いまだに私は森の中。

女神様の地図によれば、四時間くらい歩かないと街道《かいどう》まで出ないそうだからまだ半分もいってない。

あ、女神様がくれた便利アイテムには方位磁針も付いていた。

この世界では方位磁針も普通に売られているそうなので、かなり精度のいい方位磁針がおまけとして付けられていたんだ。

方位磁針で大もうけという知識チートは使えなかったか……。

この世界ってありきたりな剣と魔法の世界らしいんだけど、一部近代的な部分もあるらしい。

例えば、蒸気機関が使われているとか、自動車があるとか。

どっちも正確には魔道具で動く乗りもののようなので、地球みたいに化石燃料を燃やして動かす仕組みではないっぽい。

でも、これらの移動手段があることで、お金持ちの人や国をまたいでの移動はスムーズなものらしい。

でも、短距離《きより》の移動では馬車もまだまだ健在。

馬車の馬も普通の馬からテイマーが操《あやつ》る魔獣《まじゅう》まで様々だとか。

ちょっと会ってみたいかも。

そういえば、私ってテイムできるのかな？

魔法紡織と魔法裁縫で服作りはできるんだけど、テイム能力があるかはわかっていない。

個人的にはまたテイマーとしてやっていきたいんだけど、難しいんだろうか？

この世界で死んじゃったらそれまでだし、あまり危険なところには行くなという思《おぼ》し召《め》しかな？

さて、そんなことを考えながら歩くこと三時間。

もうすぐ街道と合流する……はず。

私の足で三時間なのか、もっと足が速い人で三時間なのかがわからないから自信がない。

自分の移動距離がわかる周辺地図みたいなものがあると便利なのに。

ついでに敵性存在とか仲間とかがわかるミニマップ。

あれもゲームでは定番だったけど便利なんだよね。

この世界にはそんなスキルないのかな？

ああ、スキルがあったとしてもそういうわかりやすいスキルはスキルクリスタルじゃないと手に入りそうにないし、そうなると貴族が買い占めているのか。

ちょっと残念。

「……ん？」

歩いていたら、なんとなくだけど左手側の森の奥から視線を感じる。

視線といっても嫌《いや》な感じのものではなく、興味を持ってこちらを見ているというか、自分に気付いてほしくて見ているというか。

なんだろう、こんな森の中で。

「……誰《だれ》か、いるの？」

私は盾と槍を構え、臨戦態勢で声をかける。

こんなところで普通の人に出くわすとは考えにくいからね。

数瞬《すうしゅん》の間があり、森の奥から出てきたのは一匹《ぴき》の大蜘蛛《ぐも》。

色は茶色で私が乗れるくらいの大きさがあり、その大きさからかちょっと迫力《はくりょく》がある。

でも、敵意を向けられている感じはしないから安心そう。

警戒《けいかい》は続けるけど。

「あなたが私を見ていたの？」

「ワシャワシャ」

言葉は通じないけどそうっぽい。

でも、どうして私を待っていたんだろう？

「ええと、私に何か用事？」

そう告げると、大蜘蛛は私の元までやってきて頭を下げる。

これって魔物がテイムされるときに恭順《きょうじゅん》の意を示す場合の動作だ。

この子は私にテイムされたがっているのかな？

「ええと、テイムすればいいの？」

「シュイ」

「じゃあ、テイムするね。『私と共に来てください』」

テイムの言葉はなんでもいい。

とにかく、相手と一緒《いっしょ》に行動するような言葉を投げかければいいんだ。

私が大蜘蛛の頭の上に手を置き、テイムの宣言をした瞬間、私の手と大蜘蛛の頭が光に包まれた。

それも数秒間のうちに収まり、大蜘蛛の頭には百合《ゆり》の花をかたどった意匠《いしょう》が付けられている。

よかった、テイム成功だ。

でも、なんで『リリィ』の紋章《もんしょう》なんだろう？

『ご主人様、名前、付けて！』

「あ、そうだね」

テイムは魔物に名付けを終えて終了《しゅうりょう》となる。

名前、なんにしようかな。

昔、ゲームでテイムしていた大蜘蛛に使ってた名前をそのまま使おう。

見た目もそっくりだし。

「あなたの名前は『タラト』、それでどうかな？」

『僕《ぼく》の名前は『タラト』！　ご主人様、ありがとう』

「どういたしまして」

私の旅の仲間として『タラト』が加わった。

この世界での種族名はわからないけど、楽しくやっていけそう。

よろしくね、タラト！

タラトを仲間に加え街へと再出発しようとすると、タラトに袖《そで》を引っ張られた。

お尻《しり》で森の奥の方を指し示しているので、ひょっとするとタラトなりに持っていきたいものがあるのかもしれない。

それならば、寄り道するしかないでしょう。

「うわぁ……でっかい繭玉《まゆだま》……」

タラトに案内されてやってきたのはタラトの家。

つまり蜘蛛の巣だね。

そこには大小様々な繭玉がはりついていた。

タラトはそれらをひとつずつ地面へと下ろし始め、巣も消していたよ。

そして、繭玉を改めてお尻から出した糸でからめとり、引きずるようにすると出発準備が整ったみたい。

タラトが先頭になって歩き始めたので、私もそのあとに続いて行く。

先ほどの道の方へ戻ると、私が来た方の反対側へとタラトは足を向けた。

この子、なにげに知能が高いのかもしれない。

念話で私と会話できるし、いろいろできるのかも。

それにしても魔物と遭遇《そうぐう》しないなぁ。

それどころか魔物の気配すら感じられない。

タラトがこちらを見ている気配は感じられたけど、それ以外の気配はないんだよね。

どういうことなんだろう？

タラトはそれなりに速いペースで歩いていくし。

そのまま街道までたどり着き、森を出ることに成功した。

街道に着いてから後ろを振《ふ》り返ると、もう道はなくなっている。

あの小屋にはもう戻れないんだね。

三週間とはいえお世話になっていたからちょっと愛着が湧《わ》いていたのかも。

そんな気分を慰《なぐさ》めるようにタラトが頭をなでてくれた。

もうそんな歳《とし》じゃないんだけどな。

ともかく、街道に出たし、ここから東に進めば街へとたどり着くはず。

私はリュックから携帯食料《けいたい》を取り出し、食べながらタラトの後に続き街を目指した。

でも、街道ではまったく他の人とすれ違《ちが》わないのはなんでだろう？

結構大きな街道だから他の人とすれ違ってもおかしくはないんだけど。

タラトの姿を見て隠れるにしても平坦《へいたん》な道だから隠れる前に私も姿を確認《かくにん》できるはず。

なにかあったのかな？

結局、他の人には会わないまま壁《かべ》が見えてきた。

あそこが目的地の『ネイスト』っていう街だね。

壁には立派な門が付いているし、魔物が襲《おそ》いかかってきてもある程度は耐《た》えられそう。

でも、跳《は》ね橋式になっている門がいまは閉ざされている。

一体なにがあったんだろう。

「そこの少女、止まれ！」

門のそばまで来たら上から鋭《するど》い声が投げかけられた。

門を守る兵士からかな？

「お前、どこからやってきた！」

「ええと、この街道の先です。お師匠《ししょう》様とふたり、森の中で暮らしていたのですが、お師匠様が亡《な》くなり人里まで下りてきました」

「師匠？　お前が連れているモンスターはラージシルクスパイダーではないのか？」

あ、タラトは『ラージシルクスパイダー』って種類なんだ。

それからこの世界では魔物のことをモンスターって呼ぶんだね。

覚えておこう。

「ええと、この子はここに来る途中《とちゅう》でテイムしたモンスターです。害はありません」

「……確かに大人しくしているな。それで、その後ろの繭玉はなんだ？」

「私もちょっとよくわかりません。この子が街に行く前に巣から持ち出したものなので……」

「巣から持ち出した？　それほど大きな繭玉をか？」

「はい。中身は私も確認していません」

「……わかった。中身を出すように命じてもらえるか？」

「はい。タラト、繭玉の中身を出して」

『うん』

タラトはいままで引きずってきた繭玉の中身を開放した。

その中にはたくさんのモンスターが詰まっていたみたい。

緑色の人型のやつは定番のゴブリンかな？

あと角のある兎《うさぎ》や狼《おおかみ》なんかもある。

一番大きな繭玉に入っていたのは、毒々しい紫色《むらさきいろ》のウロコに覆《おお》われたトカゲ。

なんだか見ているだけで気持ち悪い……。

「な!?　ヴェノムリザード!?」

「ヴェノムリザードがラージシルクスパイダーに倒《たお》されていたのか！」

「どうりでどこを捜《さが》しても見つからないわけだ」

このトカゲってヴェノムリザードっていうんだ。
それよりもこれを捜していたっていうことなんだけど、なにかあったのかな?

第二章　初めての街『ネイスト』

ネイストという街まで着いたけど、街に入るのは少し待たされることになった。

なんでも、こちら側の街道《かいどう》はタラトに倒《たお》されたヴェノムリザードによって一時封鎖《ふうさ》されており出入り禁止だったそうだ。

そして、そんなタラトを従魔《じゅうま》として連れてきた私も身元不明ということで、すぐに街に入れるわけにもいかず、テイマーギルドというところから本当にタラトがテイムされていて害がないかを調べる人を派遣《はけん》してもらうとのこと。

まあ、いきなり私みたいな人が現れたら怪《あや》しまれるよね。

しばらく待っていると準備ができたのか跳《は》ね橋が降ろされ、数名の兵士と彼《かれ》らに護衛された老人がやってきた。

このお爺《じい》さんがテイマーギルドの人かな？

「お待たせしました、お嬢《じょう》さん。テイマーギルド職員でギルドマスターのマイスといいます。お見知りおきを」

ギルドマスター⁉

そんな偉《えら》い人が出てきてもいいの？

「ああ、この街には私しかテイマーギルドの職員がいないのでご心配なく。そして、そちらがテイムされたラージシルクスパイダーですか……」

「あ、はい。ラージシルクスパイダーのタラトといいます。私は……」

あ、この世界での名前を考えてなかった。

ユリじゃおかしいかもしれないし、『ミズガルズライフ』で名乗っていた『リリィ』と名乗ろう。

「私はリリィです」

「リリィさんですね。……ふむ、額に契約紋《けいやくもん》もありますし、これだけ人が近づいても暴れる様子がない。従魔契約は成り立っていると考えて問題ないでしょう」

「じゃあ、信じてもらえますか？」

「はい。テイマーギルドのメンバーとして登録いたします。登録にはこの街の支部にある魔道具を使う必要があるのですが、身分証の出し方はわかりますか？」

「はい、それは師匠《ししょう》から習っています」

この世界の身分証って不思議なもので個人の魂《たましい》の中にあるらしい。

なので、自分が出したいと思えば出てくるし、しまいたいと思えば消える。

あと、一定以上離《はな》れると勝手に消えるから盗《ぬす》まれる心配もなし。

ただ、賞罰《しょうばつ》の履歴《りれき》も自動的に残るから悪いことはできないんだけどね。

「では、テイマーギルドのテイムモンスターであることを示す従魔証を渡《わた》しましょう。この子でしたら……前脚《まえあし》につける腕輪《うでわ》型か首につける首輪型かのどちらがいいでしょう？」

腕輪か首輪か。

タラトに確認《かくにん》したら腕輪がいいって返事がきた。

首輪だと頭が動かしにくいし、地面すれすれの位置に首があるからこすれても嫌《いや》らしい。

それをマイスさんに伝えると、腕輪を取り出してくれた。

腕輪をタラトの右前脚にはめると腕輪に付いていた宝石が鮮《あざ》やかな白色になる。

これで従魔登録完了《かんりよう》らしい。

「それではお嬢さん。テイマーギルドのある冒険者《ぼうけんしや》ギルドまで参りましょうか」

冒険者ギルド！

異世界物のど定番だね！

私も病室で暇《ひま》なときに異世界転生や異世界転移などの小説を読んでいた。

だから、ちょっとだけ憧《あこが》れがあったかも。

兵士さんたちとはここでお別れ。

マイスさんがタラトを正式に従魔と認めたことで、とりあえず危険はないと判断したらしい。

ちなみに、タラトが運んできていたモンスターは再度繭玉《まゆだま》にされてタラトが引きずっている。

マイスさんによれば冒険者ギルドで解体もしてくれるそうだ。

手数料はかかるけど、素材を売ることで儲《もう》けになるらしい。

女神様《めがみ》の路銀はあるけど、お金に余裕《よゆう》があったほうがいいに決まっているからね。

さて、冒険者ギルドはどんなところなんだろう。

冒険者ギルドは街の中心付近にある三階建ての大きな建物だ。

この時間帯は一日の依頼《いらい》をこなした冒険者たちで混雑しているらしい。

そこは仕方がないので諦《あきら》めよう。

「リリィさん、こちらです」

マイスさんが案内しようとしてくれているのは、いまも人の出入りが激しい正面入り口ではなく、裏手側の入り口だ。

ここって従業員通路とかじゃないのかな?

「あれ?　こっちから入っていいんですか?」

「普段《ふだん》はだめですよ。ですが、今日は特別です。入ってすぐが解体場ですし、そのまま進めばギルドの従業員用通路も使えます。あなたのような可愛《かわい》らしいエルフのお嬢さんが正面からいきなり入っていったら目立ちますからね」

うーん、裏から入っても目立つんじゃないかな。

ちなみに、この世界の私はエルフ族になっている。

ただ、エルフ族にありがちな金髪《きんぱつ》ではなく黒い髪《かみ》で瞳《ひとみ》の色も紫　色《むらさきいろ》。

アメジストみたいな瞳の色で結構お気に入り。

これも『リリィ』だった頃《ころ》の名残《なごり》だね。

ちなみに年齢《ねんれい》は十六歳《さい》らしい。

「では入りましょうか。……ナマン、ちょっといいですか?」

「ん?　マイスか。どうしたんだ裏口から入ってきて……って、その嬢ちゃんは誰《だれ》だ?　それに連れているのはラージシルクスパイダーじゃないのか?」

「はい。テイマーギルドの新人です。名前はリリィさん。ラージシルクスパイダーは彼女《かのじょ》の従魔です。あなたにお願いしたいのはラージシルクスパイダーが獲物《えもの》として持ってきているモンスターの解体ですね」

「それなら俺《おれ》の仕事だな。だが、いまから頼《たの》んでいいのか？　冒険者ギルドの所属じゃないと解体費が三割だぞ。冒険者ギルドに所属すれば一割だ」

「ちょっとずるい手段ですが、彼女にはこのあと冒険者ギルドにも所属してもらいます。それで手を打ってもらえませんか？」

なるほど、冒険者ギルドに所属すると解体を安くやってもらえるのか。

それなら、所属した方がお得だね。

「マイスがそう言うんならそれでもいいぞ。それで、解体するモンスターは繭玉の中か？」

「はい。リリィさん、解体するモンスターを……あちらの方に出してください」

私はマイスさんの指示された場所へタラトの繭玉を運んでもらい繭玉を解く。

その中から出てきたタラトの獲物を見て解体場にいた職員たちは一斉《いっせい》にどよめきをあげた。

結構な量だし、道を塞《ふさ》いでいたヴェノムリザードもいるからね。

「……こいつは大物だな。それに死んではいるが傷ひとつない。毛皮が取れるモンスターは相当な高値を付けられそうだ」

「肉はどうなんです？」

「どうだろうなぁ？　劣化《れっか》してなきゃ売れるだろうが……何日経《た》っているかわからないものを市場に流すわけにもいかん。まとめて処分だな」

「なるほど。魔石はどうでしょう？」

「魔石か……全部取り出すが、それは売り払《はら》うのか、リリィの嬢ちゃん？」

魔石はモンスターが持っている第二の心臓。

モンスターなら大なり小なり必ず持っているらしい。

ゴブリンなどの食肉にならないモンスターから得られる収入の多くは魔石によるものと女神様の本に書いてあった。

私が持っていても使い道がないし、売り払ってもいいかな。

「ええと、魔石はばいきゃ……」

『魔石、食べたい』

「え、タラト、魔石を食べるの？」

『魔石食べると力が湧《わ》く。いろんな糸も出せるよ？』

いろんな糸か……。

ひょっとするとスパイダーシルクが作れるかも。

「魔石は売却《ばいきゃく》せずに私がもらいます。大丈夫《だいじょうぶ》でしょうか？」

「了解だ。ゴブリンとかは解体手数料をもらうだけになるが、ほかのモンスターから毛皮や皮なんかを剥《は》ぎ取って売ることで手数料と相殺《そうさい》できるだろう。渡せる金額は少なくなるが構わないよな？」

「はい、大丈夫です。よろしくお願いします」

「任せろ。これが解体番号札だ。量が多いから解体は明日の昼くらいまでかかるだろう。冒険者ギルドの受付でその番号札を見せれば解体が終わっているかわかる。そんときに魔石の取り出し費用と解体手数料を差し引きした残りの金を渡してやるよ」

「わかりました。ありがとうございます」

「おう。それじゃ、マイスの爺さん、後は任せた」

「はい。それでは、テイマーギルドと冒険者ギルドの登録に参りましょうか」

いよいよ私も冒険者になるのか……。

この世界の冒険者はどんな職業なんだろう？

「さて、リリィさん、こっちですよ」

解体場を抜《ぬ》け、さらに奥《おく》にある通路へと私は案内される。

その先にある扉《とびら》の向こうから、多くの人たちの声が聞こえてきていた。

マイスさんが扉を開けると、これぞ冒険者ギルドという光景が広がっていたのだ。

受付にはたくさんの人たちが並んでおり、それ以外にも武器や鎧《よろい》を着けた大勢の人たちが辺りをうかがっている。

ギルドには酒場か食事処《どころ》が併設《へいせつ》されているようで、そこからも歓声《かんせい》が聞こえてきていた。

「リリィさんはこういった場所は初めてかね？」

「はい。噂《うわさ》には聞いていましたが初めてです」

「そうですか。まあ、そのうち慣れますよ。まずはテイマーギルドの登録から済ませてしまいましょう」

マイスさんは冒険者たちが詰《つ》めかけているカウンターから独立した場所にあるカウンターへと入っていった。

私にも来るように手招きされているのでそちらに行ってみた。

だけど、こちらの窓口に来る人は誰もいない。

むしろテイマーギルドの方に向かう私とタラトを物珍《ものめずら》しそうに見ている人がほとんどだ。

この街ではそんなにテイマーがいないんだろうか？

「よく来たね。ここがテイマーギルドの受付です。……と言っても、所属している者がほぼいないので閑古鳥《かんこどり》が鳴いているがね」

「ははは……」

「まあ、そんなことより会員登録だ。身分証を出してほしい」

私はマイスさんに言われるまま身分証を出し彼に手渡す。

すると、マイスさんは手元にあった魔道具に身分証をくぐらせて私に返してくれた。

手元に返ってきた身分証には『所属：テイマーギルド』と書いてある。

……想像以上にすんなりと登録が終わってしまった。

「さて、登録はこれで完了。この腕輪を持っていきなさい」

「これは？」

「従魔が付ける従魔証と対《つい》になっている従魔士の腕輪です。これがあればテイマーとしての身分が保障される。わかりやすくテイマーだと証明するためのものだと考えてくれればいい」

「わかりました」

私は従魔士の腕輪を身につける。

すると、従魔士の腕輪に付いていた宝石の色が変わり、タラトと同じ白色となった。

これは従魔と従魔士で同じ色となるらしく、普通のことなんだとか。

テイマーギルドの活動内容を聞いたけど簡単な説明だけで終わってしまった。

まず、テイマーギルドにはランクがない。

これはテイムしているモンスターによって得手不得手がはっきり分かれてしまうのでランク分けの意味がないそうだ。

戦うことに特化したモンスターと移動手段として使われるモンスターでは比較《ひかく》しても意味がないからね。

次にテイマーギルド専用の依頼というのも存在するが、これらは基本的に指名依頼となるらしい。

こちらもテイマーによる得意分野の差から誰でも受けてしまえる依頼はほぼなく、誰でも受けられる依頼は基本的に冒険者ギルドに回すそうだ。

それ以外の規則については、従魔が増えたり減ったりしたときは必ず申請《しんせい》が必要らしい。

従魔がすべていなくなってもテイマーギルドの所属は消えないので安心だそうだ。

「冒険者ギルドの窓口も空《す》いてきたし、冒険者登録をしてくるといい」

「はい、ありがとうございました」

「うむ。わからないことがあればまた聞きに来なさい。ああ、あと、従魔連れで泊《と》まれる宿屋は限られている。この街では『大鷲《おおわし》の巣』という店がお薦《すす》めだ」

「わかりました。そこに行ってみますね」

「ああ、気をつけてね」

テイマーギルドの登録は終わった。

次は冒険者ギルドの登録だ。

こちらも新しい冒険者の登録が混雑するのは午前中だそうで、待たされずに完了した。

冒険者ギルドの方はギルド規約が細かく決まっていていろいろと説明することが多いらしい。

でも、もう夕方なので、詳《くわ》しい説明は明日解体依頼をしているものの引き取りに来たときにするということになった。

さて、それじゃあ宿を取りに向かおう。

私はマイスさんのお薦めしてくれた宿、『大鷲の巣』へと向かう。

事前に場所も聞いていたので道に迷うことはなかった。

たどり着いた宿は冒険者ギルドと同じく三階建てで、ちょっと年季が入っている宿のようだ。

ただ、玄関《げんかん》などはしっかり掃除《そうじ》がしてあるので期待できる。

いつまでも玄関を見ていてもしょうがないし、宿へと入ろう。

「いらっしゃいませ、大鷲の巣へようこそ！」

宿に入ると私よりも少し年下くらいの女の子が出迎《でむか》えてくれた。

彼女がここの店員だろうか。

「初めまして。泊めてほしいんだけど、部屋は空いてる？　あ、従魔も一緒《いっしょ》に泊まりたいの」

「従魔……テイマーさんが来るのは久しぶりです。もちろん空いてますよ。テイマー向けのお部屋になると、広い分料金が高くなりますが構いませんか？」

「ええ、大丈夫。ちなみに一泊《ぱく》いくら？」

「一泊夕食と朝食付きで八百ルビスです。食事抜きだと七百五十ルビスになります。従魔の食事代は別になりますがどうしますか？」

タラトの食事は別か。

そういえば、タラトってなにを食べるんだろう？

モンスターを狩《か》っていたっていうことは、お肉は食べられると思うんだけど。

「ねえ、タラト。あなたってなにを食べるの？」

『基本はお肉だけど、なんでも食べられるよ。でも、魔石が一番好き』

魔石かぁ。

さすがに宿屋では売ってないだろうから今日はお肉で我慢《がまん》してもらおう。

「タラトは肉食みたいだからお肉を用意してもらいたいんだけど、いくらくらいになる？」

「えっと、食べる量と内容によります。焼いた方がいいのか生のままでいいのかにもよりますし……」

ああ、それもそうか。

でも、タラトがどれくらい食べるかわからないんだよね……。

念のためタラトに聞いてみると、今日は食べなくても大丈夫と言われた。

でも、私だけ食事するのも気が引けるので、一般《いっぱん》的な人が食べる大きさの肉を用意してもらうことにする。

追加料金は三十ルビスだって。

「それじゃあ、とりあえず二泊をお願いします」

「わかりました。前料金になりますが大丈夫ですか？」

「うん、大丈夫。じゃあ、はい、これ」

「はい、確かに預かりました。夕食はもう食べることができますがどうしますか？　お部屋で食べることもできますが、お部屋で食べる場合は追加料金として十ルビスいただきます」

「食堂で食べます。タラトも一緒で大丈夫？」

「この宿は従魔連れのお客様を前提としているので、よほど大型の従魔でない限り同伴《どうはん》しても大丈夫です。お部屋は三階の一番奥の部屋になります。それと、これが今日の夕食と明日の朝食の食券です。なくしたら食べられませんので注意してください」

「ありがとう。それじゃあ、食堂に行かせてもらうね」

「わかりました。どうぞごゆっくり」

女の子に見送られて宿の奥にある食堂へと足を運んだ。

そこでは先客たちが思い思いの席に座《すわ》って食事をとっている。

私がタラトを連れて食堂に入っていったときは注目を集めたけど、すぐに視線は散っていった。

この宿がテイマー向けというのもあるんだろうね。

私も空いている席に座り、食券を渡して食事が運ばれてくるのを待った。

今日の夕食はなにかの肉のステーキにスープ、サラダ、パンの組み合わせみたい。

ステーキはそれなりに厚く大きいけど何のお肉なんだろう？

やっぱりモンスターかな？

食べてみると美味《おい》しかったから気にしないことにしたけど。

タラトにも同じステーキが運ばれてきて、美味しそうに食べている。

タラトのお肉にも味付けされているみたいだけど、本人いわく『味付けされていても大丈夫』らしいから問題ないか。

食事が終わったら割り当てられた部屋へ行き、リュックを下ろして旅装を解いた。

女神様の本によると安宿では内鍵《うちかぎ》が付いていないところもあるらしいけど、この宿には内鍵も付いているようで安心。

あと、シャワーとトイレも付いている。

この世界って温水シャワーが普通にあるし、トイレも水洗なんだよね。

下水道も発達しているみたいなんだけど、文明レベルはよくわからないな。

お風呂《ふろ》は高級宿にしかないみたいだから我慢しよう。

シャワーを浴びてすっきりしたら寝間着《ねまき》に着替《きが》えてベッドで寝るだけだ。

ベッドも小屋にあったものに比べると硬《かた》いけど、それでも十分に柔《やわ》らかい。

今日はゆっくり眠《ねむ》れそう。

いつの間にかタラトも眠っているみたいだし、私ももう寝なくちゃ。

昼間は歩き通しだったからね。

それでは、お休みなさい。


そして翌朝、懐中時計《かいちゅうどけい》が鳴らすベルの音で目を覚ます。

この時計、アラーム機能まで付いているんだよね。

女神様、どれだけ機能をつぎ込《こ》んでいるんだ。

私が起きたのを見計らったのかタラトも起きた。

なので、一緒に朝シャワーを浴びてさっぱりする。

うん、夜だけじゃなく朝もシャワーが浴びられるこの宿はいい宿だ。

お値段はちょっと高めだけど、女神様からもらったお金は五万ルビスほどあるからしばらくは困らない。

でも、一日千ルビスくらいなくなるからきちんと稼《かせ》がないと。

髪を十分に乾《かわ》かし終えたら、食堂に行って朝食を食べる。

朝食に出てきたのはなんとご飯だった！

女将《おかみ》さんに話を聞くと、この国ではパンもご飯もよく食べられているらしい。

国によってはパンだけとかご飯だけとかいろいろあるらしいけど、元日本人としては嬉《うれ》しい限りだ。

でも、付いてきたスープが味噌汁《みそしる》じゃないのは残念。

醬油《しようゆ》や味噌はこの街まで届かないらしい。

この国で生産しているけど、この地方では生産していないそうな。

もっと大きな都市に行けば普通に売っているらしいからその時考えよう。

さて、冒険者ギルドに行く昼までまだ時間もあるし、街の中を散歩してみることにした。

ネイストの街ではいまいる街の東側と北側が商業施設《しせつ》の集まっている場所らしい。

街の南側は住民たちが住んでいる住宅街、西にはこの街を治めている貴族が住んでいるとか。

この街の貴族はあまり横暴なことはしないそうだけど、街によっては横暴な貴族が治めているところもあるらしい。

女将さんにも黒髪のエルフという私は珍しいから注意しないといけないと言われた。

どこの世界にもそういう人たちっているんだね。

ぶらつくなら商業区なんだけど、これといって行ってみたい場所はない。

保存食だってリュックの中に山ほど入っているし、装備の買い換《か》えも必要なし。

そうなると買い食いとかがメインになるけど、あまりお腹《なか》も空いていない。

私って基本小食なんだよね。

あと、タラトを連れているのが目立つのか視線もたくさん感じる。

この街だとテイマーは珍しいんだっけ。

武器や防具はまだいらないから服屋に入ってみることにした。

入り口のドアを開けるとカランコロンとドアベルの心地《ここち》よい音が鳴り響《ひび》く。

すると、店の奥から店員のお姉さんがやってきた。

「いらっしゃいませ。本日はなにをお探しで？」

「ええと、この街ではどんな服が売られているのか気になって。商品を見ても大丈夫ですか？」

「あらあら、商人さんかしら？　構いませんよ。ごゆっくり」

そうだよね、服を見て歩くなんて商人がすることだよね。

でも、スパイダーシルクができたらどこかに売らなくちゃいけないし、商人の真似事《まねごと》も必要なのかもしれない。

そういえば、商人はギルドってあるのかな？

商売の話はとりあえずおいておくことにして店内の商品を見て回る。

でも、基本的に売っている商品は古着が主なものだ。

店員さんに話を聞くと、布が高いらしい。

下水道が発達しているのに布が高いのはどうしてなのか気になったが、麻《あさ》や綿花などを大量に育てることができる環境《かんきょう》がなかなか整わないんだとか。

そういった植物を荒《あ》らすモンスターも多く、栽培《さいばい》できる量が限られているから高級品らしい。

毛織物も羊のような動物はモンスターに狙《ねら》われやすいようで、羊のようにもこもこの毛を持ったモンスターもいるが、こっちはこっちで強いのだとか。

結局、布は総じて高級品なのだ。

そのため、新品の服はかなり高い買いものになるようで、成長の早い子どものうちは古着を着回し、大人になってから採寸して自分用の服を作る人が多いみたい。

作る時の体形に合わせて服作りをするため、太ったりしたら着れなくなることもあるらしい。

異世界の衣服事情は想像以上に厳しいようだ。

私は着替えが十着ずつあるし、全部普通の刃物《はもの》では傷がつかないほど頑丈《がんじょう》なのであまり気にしなくても大丈夫かな。

別デザインの服も着てみたいけど……まあ、旅人がそんなに服を持ち歩いているのもおかしいか。

服屋のお姉さんとあれこれ話をしていたらいい時間になったので、お昼を食べて冒険者ギルドへ向かうことにした。

お昼は近場の食堂で食べたけど、そこそこの味。

この世界だと香辛料《こうしんりょう》はそこまで高いものでもないらしい。

普通の食堂で贅沢《ぜいたく》に使うことはないけど、それなりにはなら使われているそうな。

ミックススパイスみたいなものが作れれば売れるかも。

そしてお昼を食べ午後になったので冒険者ギルドを訪《おとず》れた。

冒険者ギルドの中はわりと空いており、食堂の方にしか人はいない。

さて、解体は終わっているかな？

「すみません。昨日の夕方に解体をお願いしたリリィですが」

「リリィさんですね。番号札はお持ちですか？」

「これですね」

「はい。少々お待ちください」

私から番号札を受け取ったお姉さんは受付の奥へ向かい、袋《ふくろ》を持って戻《もど》ってきた。

あの袋はなんだろう？

「この袋の中身は解体したモンスターの魔石が詰められています。数が多かったのでひとまとめにしました」

「ありがとうございます。助かります」

「いえ、サービスですので気にせずに。それで報酬《ほうしゅう》ですが、魔石の取り出し費用と解体費、肉の処分費用を差し引いて二万三千ルビスになります」

おお、結構いい金額になった。

内訳を聞くと、やはりヴェノムリザードの素材が高値だったらしい。

ヴェノムリザードだけで一万五千ルビスだったそうな。

ほかのモンスターは小物が多かったが、毛皮などに傷がないことから高値で引き取ってもらえた。

それで端数《はすう》を切り上げて色を付けてもらったのがこの金額らしい。

私としても異論はなかったので受け取りのサインをして報酬と魔石を受け取った。

「これで報酬の精算は終わりですね。それでは昨日説明できなかった冒険者ギルドのルールを説明いたします」

お姉さんによると冒険者ギルドは複数の国にまたがる組織らしい。

国とは独立しているようで、一部を除き国や貴族からの依頼は受けない。

一部というのはモンスターの大規模発生に対する備えが必要な場合で、このときは一定以上の階級の冒険者は強制的に参加させられるそうだ。

冒険者の階級は低い方から白、黒、緑、青、赤、銅、銀、金、白金となっている。

白が初心者で一般的に冒険者と呼ばれるのは黒以上の階級からとなる。

階級を上げるには依頼をこなして実績を積んでいけばいいみたい。

でも、依頼を失敗し続けると階級が下がることもある。

冒険者の割合は白から青までで七割ほど、現役《げんえき》の金階級となると国に数人となるらしい。

依頼を受けるには、各冒険者ギルドに設置してあるクエストボードから依頼票を剥がして持ってくることで受注できるそうだ。

ただ、受注できる依頼にも制限があり、受けることができる依頼は自分の階級のひとつ上の依頼まで。

ふたつ以上階級が上の依頼は受けられない仕組みになっている。

それとは別に常設依頼というものもあり、これは街の近くに棲《す》み着いている一般的なモンスターの駆除や薬草集めが主だそうだ。

また、個人の冒険者を指名して依頼を発行する指名依頼や冒険者ギルドが特別難易度の高いと判断した場合発行される特別依頼、緊急性《きんきゅうせい》が高い場合に発行される緊急依頼などがある。

タラトが倒していたヴェノムリザードの退治も緊急依頼だったようだけど、私が冒険者になる前にタラトが倒していたため、私の実績にはならないらしい。

いまはほかにもヴェノムリザードが潜伏《せんぷく》していないか山狩りをしているそうだ。

「……以上が冒険者ギルドの大まかなルールになります。なにか質問はございますか？」

「ええと……長い間依頼を達成していなかった場合はどうなるのでしょう？」

「依頼を長期間受注せずにいる場合、一時的に冒険者資格を停止することになります。あくまで一時的な措置《そち》ですので、いずれかの冒険者ギルドに届け出れば冒険者資格は回復されます」

「わかりました。冒険者同士が争った場合はどうなるのでしょう？」

「それはその時の状況《じょうきょう》を双方《そうほう》から聞いて処罰《しょばつ》を決めます。もし街の外でもめごとを起こし誰かを殺害した場合、身分証の賞罰の欄《らん》に記載《きさい》されます。自分が襲《おそ》われて反撃《はんげき》した場合は記載されません。ですが、その場合は近くの冒険者ギルドまで届け出てください」

ふむふむ、そのところはきっちりしているんだ。

身分証の謎《なぞ》システムはあるけれど、どちらが悪いかははっきりするみたいなので助かるよ。

私はそのあとギルドの資料室に立ち寄って資料を調べてから宿に戻った。

ギルドの資料室にあった資料は女神様の本の内容とほぼ一致《いっち》していたのであまり見る必要はなかったかな。

でも、知識をどこで身につけたのか疑われないためにも資料室などは積極的に利用しよう。

宿に戻ったらタラトに魔石を与《あた》えなくちゃね。

どんな風になるんだろう？

わくわくしながら冒険者ギルドから戻ってきて夕食を食べたら、早速《さっそく》タラトに魔石を与えることにする。

タラトも心待ちにしているみたいなので早く与えてみよう。

魔石の見た目は大小様々な色の付いた石。

透《す》けて見えるとかはないから宝石とは呼べない。

一番小さな魔石はゴブリンのもの、一番大きな魔石はヴェノムリザードのものだと説明を受けてきた。

ゴブリンの魔石は親指くらいの大きさだけど、ヴェノムリザードの魔石はソフトボールくらいの大きさがある。

もっと強いモンスターの魔石はもっと大きいのかな？

「タラト、どれから食べる？」

『ゴブリンのやつからでいいよ』

「わかった。じゃあ、これからだね」

私はゴブリンの魔石をタラトの前に置いてみる。

すると、タラトはその魔石にかぶりつき、一口で食べてしまった。

魔石ってそんなに美味しいのかな？

「タラト、魔石って美味しいの？」

『僕《ぼく》にとってはお肉より美味しいよ。でも、ゴブリンの魔石はジャリジャリしていてあまり美味しくない』

「そうなんだ。じゃあ、もうゴブリンの魔石はいらない？」

『全部食べる。もったいないし』

あまり美味しくないけど残すのはもったいないということなのかな？

冒険者ギルドでもゴブリンの魔石は十ルビスにしかならないって聞いているし、そんなものなのかも。

タラトはそのあとも小さい魔石から順に食べていき、ヴェノムリザードの魔石まで食べ終わった。

お肉はあまり食べないけど魔石はたくさん食べるみたいだね。

これは魔石だけを買い取ることも考えた方がいいのかな？

『リリィ、糸巻きって持ってる？』

「糸巻き？　女神様からもらったものがいくつかあるけど……」

『じゃあ、それを出して』

「うん、わかった」

私はリュックの中から糸巻きを取りだした。

裁縫《さいほう》道具のひとつとしてなのか、たくさんの糸巻きがリュックの中に入っていたんだよね。

私が糸巻きを並べ終えると、タラトはその中のひとつを咥《くわ》えあげた。

そして、糸巻きにタラトのお尻《しり》から出た糸が巻き付いていく。

くるくる器用に回しながら糸を巻き取るんだよね。

やがて糸巻きにある程度の糸が巻き付いたことを確認したら、次の糸巻きを咥えて同じことを繰《く》り返す。

それを何度も行い、たくさんの蜘蛛糸《くも》を巻き取った糸巻きが完成した。

「タラト、これってなに？」

『魔蜘蛛の糸だよ。結構高値で取り引きされてるって噂を聞いたことがある』

「そんな噂をどこで？」

『僕の巣に糸を集めに来た人たちが話してた。あまり上手《うま》く糸を巻き取れなかったみたいだけど』

なるほど、タラトの種族であるラージシルクスパイダーの糸は貴重品なんだ。

シルクスパイダーっていうくらいだからシルクの糸を作れて当然だよね。

なぜいま糸を作ってくれたのかも聞いたけど、魔石を食べて取り込んだ力の一部で蜘蛛糸を作り出したらしい。

そもそもシルクスパイダーが魔石を食べたときの糸しか絹糸にはならないらしく、その糸は野生だとあまり量を残しておかないので余計貴重なんだとか。

でも、私の目の前にはたくさんの糸があるけどね。

「タラト、この糸はもらってもいいの？」

『うん。リリィにあげるために作ったんだしね』

「ありがとう、タラト」

目の前にはたくさんの蜘蛛糸がある。

多分これをこのまま売ってもそれなりの儲けが出るだろう。
でも、これを絹の布まで加工してから売ればもっと稼げるよね？
ちょっと試《ため》してみようかな。
失敗しても糸はたくさんあるし。
「よーし、【魔法紡織《ぼうしょく》】発動！」
私は魔法紡織のスキルで蜘蛛糸を布に変換《へんかん》しようとした。
でも、糸が消えただけで布はできない。
どうやら失敗したようだ。
そのあと、何度も繰り返して五回だけ成功することができた。
一回分の布でもそれなりの大きさだし、布地も綺麗《きれい》に仕上がっている。
これはそれなりに高く売れるんじゃないかな？
明日、冒険者ギルドに行ってどうすればいいか聞いてみよう。
あと、魔石だけを買い取れないかだね。
魔石を買い取ることができればタラトが蜘蛛糸を作ってくれるから元は取れると思う。
生活費の問題もあるし、毎日の稼ぎはしっかり考えなくちゃね。
魔石を与えて魔蜘蛛の糸を紡《つむ》ぎスパイダーシルクに加工すれば稼ぎになるかな？
明日、冒険者ギルドに行って魔石を買い取ろう！

「え？　魔石だけの買い取りってできないんですか？」

理由を聞くと、昔に魔石を大量に体に取り込み自分を強化しようとした人がいるらしいのだが、その人は強化に失敗し魔力を暴走させて爆死《ばくし》したそうだ。

それ以来、冒険者ギルドでは魔石の販売《はんばい》を行わず、冒険者からの買い取りのみを行っているらしい。

じゃあ、冒険者から買い取った魔石はどうなっているのかというと、魔石を専門に取り扱《あつか》う業者へと売り渡されているようだ。

魔石を受け取った業者は専門のライセンスがある者にだけ魔石を販売し、販売された魔石は魔道具の材料となっている。

つまり、ライセンスがないと魔石を買い取ることはできず、冒険者が自力で入手できた分しか世の中には出回らないみたいだ。

その冒険者だって魔石よりもルビスの方が嵩張《かさば》らないので冒険者ギルドのある街に行けば魔石を売ってしまう。

また、魔石を買い取る依頼を出せるのは先ほど出てきたライセンスを持つ者だけ。

さすがに冒険者個人同士での取引までは制限できないらしいが、基本的に魔石を集めたければ自力で集める必要があるようだ。

例外があるとすれば、上位のモンスターを倒した時に入手できる魔石がオークションなどで手に入る場合だが、私の目的には合わないので意味がない。

結局、魔石は自力で集めるしかないということになる。

ちなみに私が魔石を買い取りたいと言ったことについてはあまり詮索《せんさく》されなかった。

テイマーが魔石を集めるのは、自分の従魔を鍛《きた》えるためによくあることらしい。

ただ、テイマーより従魔の方が強くなりすぎると従魔が言うことを聞かなくなることがあるため
テイマーにも魔石は販売しないそうだ。

それから、街の中で商売をしたい場合、商業ギルドに届け出が必要だとも教えてもらった。

商業ギルドを介《かい》さない取引は保証がされないため一般的に行われない。

また、街で露店《ろてん》などを出す場合でも商業ギルドに届け出を出していなければ違法《いほう》となるそうだ。

うん、聞いておいてよかった。

商業ギルドの場所も聞いたし早速商業ギルドへ行ってみよう。


「いらっしゃいませ。ようこそ、商業ギルドへ」

商業ギルドがあるのは街の北側にある白い四階建ての建物だ。

綺麗に清掃《せいそう》されたフロアはとても居心地よく感じる。

入り口の受付で来た目的を話すと、まずは商業ギルドにも所属しないといけないらしい。

なので、商業ギルドの新規登録窓口へと通された。

新規登録窓口は空いていたためすぐに順番が回ってきた。

手順はテイマーギルドや冒険者ギルドと一緒だが階級の上げ方が違《ちが》う。

商業ギルドの階級は下から白、緑、青、銅、銀、金、白金。

ギルドに登録するだけなら白階級で手数料五百ルビスだけど、できることは商業ギルドや商業ギルドの管理下にあるお店との売買のみ。

露店で品物を売ろうとすると緑階級になる必要があり、登録料として更《さら》に五千ルビス支払わなければならない。

自分でお店を構えるには更に上の青階級になる必要があり、もっと高額な登録料が必要になるそうだ。

でも、緑階級以上になると商業ギルドでお金を預かってもらえるようになり、多少の手数料は取られるがどこの商業ギルドでもお金を引き出すことができる。

青階級になれば融資《ゆうし》も受けられるそうだから階級を上げる意味もあるのだろう。

私はスパイダーシルクを売りたいだけなので、とりあえず白階級で登録しておく。

売りたいものがあると告げると、ほかに並んでいる人もいないためこのまま相談に応じてくれるそうだ。

スパイダーシルクはいくらくらいで売れるかな？

「えっ⁉　スパ……」

受付のお姉さんが大声を上げそうになり慌《あわ》てて自分の口を手で押《お》さえた。

この反応を見る限り、スパイダーシルクはかなりの貴重品のようだ。

お姉さんは「少々お待ちください」と言って席を立ち、少しして奥の廊下《ろうか》から戻ってきた。

なんでも商談用の部屋を押さえてくれたらしい。

想像以上にスパイダーシルクは高価なのかも。

お姉さんに連れられて商業ギルドの二階に上がるとたくさんのドアが並んでいた。

これらがすべて別々の商談スペースになっているらしい。

説明ではかなり頻繁《ひんぱん》に商談が執《と》り行われているようだ。

私はそれらの部屋の中でも一番奥にある部屋へと案内された。

その部屋の中では既《すで》におじさんが待っており、私がソファーに座るとすぐにお茶を用意してくれる。

いい香《かお》りのお茶だ。

高いんだろうな。

「さて、今日の商談を行うワレンだ。よろしく、お嬢さん」

「リリィです。よろしくお願いします」

「早速ですまないがスパイダーシルクの現物を見せてもらえるかな？」

「はい。すぐに取り出しますね」

私はリュックの中からスパイダーシルクを取りだした。

そういえば、スパイダーシルクのサイズってこのリュックよりも長いんだけど問題ないのかな？

「……そのバッグはマジックバッグか。大切にしたほうがいいぞ」

「はい、そうします。スパイダーシルクはこれです」

「拝見しよう」

とりあえずリュックは大丈夫みたい。

ワレンさんはスパイダーシルクを隅々《すみずみ》まで検品し、それが終わると商談を再開した。

「いや、素晴《すば》らしいスパイダーシルクだ。糸の入手経路はリリィさんのとなりにいるラージシルクスパイダーからなのだろうが、綺麗に織れている。これなら高値で買い取ることができるよ」

「それはよかったです。いくらになりますか？」

「そうだな……五万くらいでどうだろう？」

五万ルビス⁉

想像以上に高値が付いた。

私が値段に驚《おどろ》いて返事をしないでいると、ワレンさんが困ったように話を続ける。

「できればもっと高額で買い取りたいんだが、何分この街ではスパイダーシルクを使う機会があまりなくてね。どうしてもほかの街への輸出品になるんだ。もう少しなら色を付けることもできるがどうだろう？」

「い、いえ。五万で大丈夫です。ところで、あと四巻きスパイダーシルクがありますが、それも買い取ってもらえますか？」

「全部で五巻きか。それくらいなら大丈夫だ。支払いは現金にするか？　それとも商業ギルドの口座に振《ふ》り込むか？」

「えっと、私は白階級商人として登録したので口座を持っていません……」

「なるほど。それならば、おまけで緑階級にランクアップしてあげよう。スパイダーシルクを作れるんだ、この先現金取引だけではやっていけなくなる」

「は、はあ」

「すぐにランクアップの手続きをしてくるから少し待っていてくれ」

そう言い残してワレンさんは部屋を出ていった。

それにしてもスパイダーシルク一巻きで五万ルビスかぁ。

想像以上に高値だったかも。

しばらくするとワレンさんが戻ってきてランクアップの準備が終わったと教えてくれた。

実際のランクアップは部屋に備え付けてある魔道具で行うらしい。

その際、商業ギルドの口座に二十万ルビスを振り込んでもらい、五万ルビスは現金でもらうことにした。

そちらも快諾《かいだく》してもらえたのでありがたい。

「これで取引成立だな。ほかになにか欲《ほ》しいものとかはあるかな？」

「欲しいものですか？　他の布は売ってもらえますか？」

「布か……ちょっと難しいな。高くてもいいなら売るが、スパイダーシルクを売ってくれるような上客に高値で売りたくはないな」

ワレンさんに詳しく話を聞くと、この近辺では布を生産していないらしい。

なので、布はすべて別の街からの輸入品になり輸送費などで高くなるのだそうだ。

布を買いたいならここから魔道バスで一カ月ほど行った場所にある交易都市ヴァードモイがお薦めと言われた。

そこはこの国の主な生産品や素材が一手に集まっているので、布も安く買えるだろうとのことだ。

また、スパイダーシルクもその街で売る方が高く売れるかもしれないみたい。

交易都市というだけあり、この国の商人が集まっているため高級品は常に品薄《しなうす》だそうだ。

ただ、移動するにも次の魔道バス便が出るまで待たなくてはいけない。

次のヴァードモイ行き魔道バスが出発するのが十日後ということなので、ヴァードモイまでの乗車券を予約してもらった。

それまでは冒険者階級を上げるために簡単な依頼をこなしておいた方がいいということなのでそうしていよう。

なにもせずに宿でごろごろしているには十日間は長すぎるからね。

最後にワレンさんの紹介状《しょうかいじょう》をもらい商業ギルドをあとにする。

今後の予定は決まったし、十日後までしっかりと鍛えておこう。

約束の十日間はギルドの常設依頼を中心に出ているモンスター狩りに努め、魔石を回収していった。

基本的に討伐《とうばつ》は最下級モンスターが相手なので手こずることもないが、魔石の質も悪い。

それでも、タラトには我慢して食べてもらい、スパイダーシルクを四巻きほど追加で手に入れた。

これはヴァードモイでの商材にしよう。


そして十日後、わりと長く滞在《たいざい》した『大鷲の巣』を後にし、昨日切符《きっぷ》をもらっておいた長距離《きょり》バスの停留所まで行く。

長距離バスの停留所はまだがらんとしており、一台だけバスが止まっているだけだ。

停車している位置と時間から考えてヴァードモイ行きのバスだろう。

バスといっても現代的なバスではなく、金属製の幌馬車《ほろばしゃ》に席が並んでいて運転手席が先頭に付いている感じのバス。

出入り口は運転手席への仕切りドアを開かない限り真後ろの一カ所のみ。

窓もガラス製だけど、分厚いせいで曇《くも》ってしまいあまり中がよく見えないや。

私の席は指定席なので早く来た分には問題ないだろう。

私はヴァードモイ行きのバスまで近づいていった。

「ようこそ、小さなお嬢さん。ここはネイスト発ヴァードモイ行きのバス発着場ですよ」

「はい、私は今日からこのバスでお世話になるリリィです。これが乗車証です」

「……なるほど、かしこまりました。指定座席は前一列目の右一番と二番で間違いありませんね？」

「はい。問題ありません」

「では、ご乗車を。ああ、当バスは毎日宿場町を経由しての旅となります。お嬢様は旅の間バス会社指定の宿でしたら無料で泊まれるプランですので、よろしければぜひご利用ください」

「その宿って従魔も泊まれるんですか？」

「大丈夫でございますよ。そこの事前確認は済んでおります」

「じゃあ、その宿を利用させてもらいますね」

「ええ、よい旅を」

私は品のいい運転手さんに見送られてバスの車内に入る。

バスの車内は左右二列ずつの構成だ。

一番後ろの席だけ後ろ向きなのはなぜだろう？

ともかく、私は一番前の席、右手側に陣取《じんど》る。

窓側に私が座って荷物を下ろし、通路側にタラトがよじ登って私とタラトのクッションを作ってくれた。

座ってみて改めて感じたんだけど、車のクッションって結構硬いんだよね。

なので、タラトに粘《ねば》つかない糸でクッションを作ってもらったんだ。

これで座席事情も快適になった。

前の席は大きめに作られているけどタラトにはそれでもちょっと狭《せま》いかな。

我慢して乗ってもらわなくちゃいけないけど。

やがて、バスの乗客も集まってきて車内が賑《にぎ》わい始める中、ちょっとしたハプニングが起きた。

「ええい！　どうして、俺が右一番と二番に乗れん！」

右一番と二番って私たちの席だよね。

なにかあったのかな。

「お客さん、何度も説明しているでしょう？　今回は事前指定席予約で押さえられていたって。当日自由席でやってきたお客さんには無理な話だ」

「だが、俺はこの数年間毎回あの席をずっと使っていたのだぞ！　譲《ゆず》るのが普通ではないのか！」

うわぁ、悪質なクレーマーだよ。

自由席で同じ場所を使い続けていたからって指定席の客がいた今回も同じ席を使わせろっていうのは無理がある。

それともごねればなんとかなると思っているのかな？

「そもそもお客さん、左右ともに一番から六番までは指定席で指定席券を買ったお客さんを優先するというルールがありますよね？　いままでだってそれを金の力であとになってから奪《うば》い取り、乗り続けた前科があるんだ。いまさら我《わ》が儘《まま》を言われても困ります」

「ええい！　お前では話にならん！　席に陣取っている者に直接交渉《こうしょう》させろ！」

「そういうわけにも参りません。今回の客は商業ギルドのギルドマスターからお願いされた上客中の上客だ。仮にもトラブルがあったなんて知れたら会社の信用問題になる」

「なんだと⁉」

「そういうわけだから自由席に座ってくれ。ああ、自由席は残り二席しかないから四人のうち二人は諦めてくれよ」

「ふざけるな！　なぜ、俺が同行者を諦めねばならん！」

「そりゃ、発車時間近くになってから現れたからさ。残り二席しかないんじゃ二人しか乗れないだろう？」

「護衛席は⁉　護衛席なら……」

「護衛席は護衛の皆《みな》さんが乗る席だ。そこを占有《せんゆう》するつもりなら道中のモンスター退治は任せることになるが？」

「くっ……おい、乗客ども！　誰かふたり降りろ！　俺様はジャガント商会の跡取《あとと》り息子《むすこ》だぞ！　にらまれたくなければ席を渡せ！」

うわぁ、遂《つい》に乗客まで脅《おど》し始めた。

ジャガント商会ってこういう横暴が許される場所なんだ。

覚えておこう。

「どうした、さっさと……」

「これ以上はやめな。営業妨害《ぼうがい》になるよ」

跡取り息子とやらが再び吠《ほ》えようとした瞬間《しゅんかん》、完全武装のお姉さん方が間に割って入った。

見た感じ乗客じゃないし、四人いるからバスの護衛かな？

「何者だ！」

「このバスの護衛さ。さすがに手に負えなくなったからってあたしらが派遣されてきたんだよ」

「なに⁉　俺が席を譲るようにお願いしていることのなにが悪い！」

「あんたは譲るようにお願いしているんじゃなく脅迫《きょうはく》して席を奪い取ろうとしているんだ。その違いもわからないのかい？」

「この、言わせておけば……おい、この女どもをたたきのめせ！」

「い、いや、若様。こんな白昼堂々もめごとを起こせば我々が留置所送りになるだけで……」

「なんだと！」

うーん、あの跡取り息子って頭が悪そう。

ジャガント商会も先が暗いんじゃないかな。

ジャガント商会が仲間割れを起こし始めた隙《すき》を見計らい、護衛の皆さんもバスに飛び乗ってバスは出発した。

もともと空いている二席は途中《とちゅう》の街で乗車予定の人の指定席らしい。

つまり、あの人たちの座る席なんて元からなかったわけだ。

ちょっと滑稽《こっけい》だね。

第三章　商業都市ヴァードモイと緑階級冒険者試験

出発時には一悶着《ひともんちゃく》あったけど、それ以外の旅路は順調そのものだった。

魔道《まどう》バスは多少の悪路でもなんなく走り抜《ぬ》け、時々襲《おそ》ってくるモンスターは護衛として雇《やと》われている冒険者のお姉さんたちがすぐに倒《たお》してくれる。

休憩《きゅうけい》時間に話を聞くと、彼女《かのじょ》たちは赤階級の冒険者でバスや商人の護衛をメインとして活動しているそうだ。

冒険者も青階級の上位や赤階級まで行くとモンスター退治より護衛の方が実入りのいい仕事となるらしい。

毎日モンスター退治に明け暮れて装備の消耗《しょうもう》に気を遣《つか》うより、護衛を受けて必要なときだけ戦う方が装備の消耗を抑《おさ》えることができるそうだ。

もちろん、事前にルートの情報を仕入れて強力なモンスターや大規模な盗賊《とうぞく》団がいないかは確認《かくにん》するし、護衛対象との信頼《しんらい》関係も構築しなければならない。

苦労する部分が変わってくるけど、それでもお姉さんたちは護衛メインの道を選んだんだそうだ。

今回護衛を務めてくれている冒険者は『緋色《ひいろ》の誓《ちか》い』という女性冒険者四人のパーティ。

長距離《きょり》バスの運営会社と専属契約《けいやく》みたいなものを結んでいるらしく、ヴァードモイを中心にバスの護衛をしながら国内各地を転々としているようだ。

彼女たちの話を聞いていると、どの街はどんな産業が発達しているとかどんなものが美味《おい》しいとかいろいろなことを教えてくれる。

そして、やっぱり国内で布を扱《あつか》うならヴァードモイに行くのが一番だそうだ。

個人の店に卸《おろ》す伝手《つて》があるなら王都でも構わないそうだけどそんなものはない。

そうなると、国外への輸出も視野に入るヴァードモイが平均して高いらしい。

やっぱり商業ギルドの話は正確だったみたい。

ほかのバスの乗客に聞いても布を取り扱うならヴァードモイが一番いいと教えてくれた。

私が布商人なのは連れのタラトでなんとなく察してくれていたようだからね。

ただ、長距離バスというのが高額な移動手段なためか、私以外の乗客はおじさんやおばさん、それからご年配の方々ばかり。

なので、私に対する接し方も子どもや孫に対するものなんだよね。

なんというか、それはそれでいいんだけど、仲のいい人はできなかったなぁ。

ゆったりとしたバスの旅も終わり、私たちはヴァードモイに到着《とうちゃく》する。

ヴァードモイでは簡単な入街検査が行われたけど、わりとすんなり通してくれた。

なんでもいにしえの賢者《けんじゃ》が発明した魔道具でご禁制の品が持ち込《こ》まれないようにチェックされているのだとか。

一体どんな魔道具なんだろう。

バスから降りた乗客たちはそれぞれの目的地へと散っていく。

私はというと、今日の宿を決めなくてはいけない。

それにはテイマーギルドで話を聞くのが一番手っ取り早いのだ。

そのため、依頼《いらい》の報告に行くという『緋色の誓い』の皆《みな》さんに便乗して冒険者ギルドへ案内してもらう。

彼女たちとも仲良くなっていたため、その程度なら問題ないと快諾《かいだく》してくれた。

ヴァードモイの冒険者ギルドは五階建て。

二階にテイマーギルドが入っているそうだ。

『緋色の誓い』の皆さんとは入り口を入ったところで別れ、テイマーギルドの受付へと向かった。

「ようこそ、テイマーギルドへ。本日のご用件はなんでしょう？」

「あの、ヴァードモイに今日到着したんですが、従魔連れで泊《と》まれるお薦《すす》めの宿はどこになりますか？」

「従魔連れの宿ですね。ご予算に応じて多数存在しますが、一日どの程度の予算にいたしましょう？」

予算か……。

ネイストでも一日千ルビスくらい使っていたし、同じくらいの宿にしよう。

安宿は怖《こわ》い。

「ええと、食費も含《ふく》めて一日千ルビスくらいに抑えたいのですが、どうでしょう？」

「一日千ルビスですか？　かなりの額ですが、大丈夫《だいじょうぶ》でしょうか？」

「はい。これでもかなりの額を稼《かせ》いでいるので」

「わかりました、それでしたら、『夜闇《よやみ》の獅子《しし》』という宿がお薦めです。一泊《ぱく》二食従魔の食事付きで八百五十ルビスとなります」

従魔の食事まで付いて八百五十ルビスか。

結構よさげな宿かも。

「ではそこにします。場所はどこですか？」

「場所は……」

受付のお姉さんに宿の場所を教えてもらい、目的の宿へと向かった。

この宿もしっかり清掃《せいそう》が行き届いていて清潔感たっぷりだ。

とりあえず一泊だけ泊まることにしてどんな宿か試《ため》してみよう。

いい宿だったらここを拠点《きよてん》に活動すればいいしね。

結論、『夜闇の獅子』はいい宿だ。

なにせ、一泊二食従魔の食事付きで八百五十ルビスなのに個室シャワーとトイレだけじゃなくお風呂《ふろ》まで付いているんだよ！

久しぶりのお風呂を満喫《まんきつ》してしまった。

なんでお風呂が付いているのかを聞くと、従魔の中には水浴びしないといけない種族のモンスターもいるため設置してあるそうだ。

もちろん主人が入ってもよし。

ヴァードモイにいる間はこの宿に居続けよう。

翌朝、延泊手続きも済ませてしまい、私たちが向かったのは商業ギルド。

スパイダーシルクがどれくらいの値段で売れるか知りたい。

あと、布がほしい。

魔法紡織《まほうぼうしょく》の方は蜘蛛《くも》糸でスキルを鍛《きた》えられるけど、魔法裁縫《さいほう》の方はまだスパイダーシルクで鍛えることはできないのだ。

そのため、簡単に加工ができる麻《あさ》や綿などの布がほしい。

商業ギルドは朝早く来てしまったせいかかなり混んでいた。

仕方がないので受付で待っていると商人たちの噂話《うわさばなし》が聞こえてくる。

「……なるほど、鉄鉱石の価格は下落傾向《けいこう》か」

「生産量が上がってきているからな。需要《じゅよう》も落ち着いているしそんなところだろう」

「そうなると別の街へ輸出した方が儲《もう》かるか」

「だが鉱石の輸出は重いんだよなぁ」

ふむふむ、鉄鉱石が値下がり気味なのか。

私には関係ないけど覚えておこう。

ほかにもいろいろと噂話が聞こえてきたけど、その中で気になったのは貴族の間でお茶会が頻繁《ひんぱん》に催《もよお》されているらしいという噂だ。

なんでも、どこぞの子爵《ししゃく》家が大粒《おおつぶ》の宝石をあしらったネックレスを手に入れたとかでそれを見せびらかしているらしい。

お貴族様にはあまり近寄りたくないな。

「次の方どうぞ」

「あ、はい」

いよいよ私の番が回ってきた。

私の訪問理由を告げると受付のお姉さんはいぶかしげに私を見たが、ネイストの商業ギルドでもらったワレンさんの紹介状《しょうかいじょう》を見せると血相を変えて奥《おく》に飛んでいってしまった。

ワレンさんって結構偉《えら》い人？

「お待たせしました！　商談室を確保いたしましたのでご案内します！」

「あ、はい」

受付のお姉さんの顔が青い。

私のことを軽く扱ったことをなにか言われたのかも。

ちょっと悪いことをした気分。

私が通されたのは、やっぱり商談室の中でも最高級じゃないかと疑うばかりの豪華《ごうか》な部屋だった。

受付のお姉さんは震《ふる》える手でお茶をいれるとそのまま退出していく。

商談相手は誰《だれ》が来るんだろう？

「お待たせいたしました、エルフのお嬢《じょう》さん。スパイダーシルクを持ち込んでくれたそうで」

「はい。ネイストの商業ギルドで聞いたところ、この街で売った方が儲けが出ると聞きましたから」

「いやはや、それはありがたい。いや、失礼。私はサブギルドマスターのヴィンチと申します。以後、お見知りおきを」

商業ギルドのサブマスター⁉

そんな偉い人が出てきていいの⁉

「ネイストのギルドマスター、ワレンからの紹介状は受け取りました。いや、ラージシルクスパイダーをテイムしているとはうらやましい」

「は、はあ」

「失礼、余計な詮索《せんさく》でしたね。それでは商談と参りましょう。スパイダーシルクをお持ちになったと存じますが、本日は何巻きお持ちですか？」

「ええと、四巻きですね。移動の都合もありあまり用意できませんでした」

「四巻きですか……急ぎであと十巻き用意できませんか？」

「急ぎで？　具体的には何日ぐらいででしょう？」

「早ければ早いほどいいのですが……二十日以内はできますか？」

二十日以内か……。

二日あたり一巻き、ちょっときついかな。

「ええと三十日ではだめでしょうか？　努力はしますが二十日はお約束できません」

「そうですか……いえ、三十日でも十分です。契約いたしましょう。今回の四巻きは一巻きあたり八万ルビス、残りの十巻きは一巻きあたり七万五千ルビスで買い取ります。三十日以内に納めきれなくてもペナルティはなしといたします」

あれ？

ずいぶんとこちらに有利な契約内容だけどいいのかな？

なにか裏がありそうだけど……。

「今回の契約についてはとあるお方の事情が絡《から》んでおります。そのためあなたに有利な内容とさせていただきました。詮索は無用です」

あ、貴族がらみなんだね。

余計な詮索はしないことにしよう。

商談はそのまま終了《しゅうりょう》。

布を買うことについては納品が終わってからでもいいかな。

とてもじゃないけど、モンスターの魔石を集めながら服作りなんてやってられないからね。

商業ギルドでスパイダーシルク納品の依頼を受けてから、私はヴァードモイ周辺でモンスター退治を始めた。

商業ギルドを訪《おとず》れた日は冒険者ギルドの資料室に行き、日帰りできる範囲《はんい》で強いモンスターがいる場所を調べて効率よく魔石を集められるように下準備をする。

翌日からはいよいよ狩《か》りのスタートだ。

私が目星を付けた中でもっとも効率がいいモンスターは、オーガというモンスター。

タラトの足なら二時間程度の場所に生息し、角と牙《きば》以外は素材にならないため持ち帰る必要もない。

普通《ふつう》の道を通ろうとすると谷の向こうに生息するため片道半日の距離にいるのだが、タラトなら蜘蛛の糸で谷を渡《わた》れるからね。

強さ的にもあまり問題はなかった。

タラトが蜘蛛糸でからめとって私が槍《やり》や魔法で倒す戦法が有効だったのだ。

それでもオーガの振《ふ》り回す腕《うで》は十分脅威《きょうい》だったし、一度盾《たて》で防いだときは体が浮《う》いて吹《ふ》き飛ばされるほどの威力があった。

負けることはないけど油断できない、そんな相手だ。

だけど、倒して魔石を手に入れる価値は十分にある。

魔石十個前後でスパイダーシルク一巻きくらいになるんだ。

これがもっと弱いモンスターのオークだと二十個とか集めなくちゃいけないので結構厳しい。

オーガ万歳《ばんざい》。

でも、思わぬところで問題が発生した。

毎日狩りをしてスパイダーシルクの量産をしていたが、雨の日はさすがに谷を越《こ》えるのも危険なために狩りはお休みにする。

それで、いままで集めたオーガの素材を売りに冒険者ギルドに足を運んだのだが、そこで思わぬ注意を受けてしまったのだ。

いわく、依頼も受けずにオーガを狩りすぎだと。

「えっと、依頼を受けないとオーガを倒しちゃいけないんですか？」

私は今、冒険者ギルドの会議室で取り調べ……というか注意を受けている。

そういえば、冒険者ギルドの階級は白階級のままだった。

「依頼を受けずに倒してはいけないということはありません。ですが、数を考えてください」

「数を？」

「リリィさんがいままで倒したオーガの数は何匹《びき》ですか？」

「えーと……八十七匹ですね」

これは身分証に記載《きさい》されている数字なので間違《まちが》いはないだろう。

ただ、それを聞いたギルド職員は更《さら》に頭を抱《かか》えた。

「普通の白階級はオーガなんて倒せないんですよ……」

「そうなんですか？」

「そうです。普通の白階級で倒せるのはゴブリンがやっとで、それもパーティを組んでいないと危険な相手です」

そうなんだ。

ゴブリンは常に群れているから私も苦手。

タラトに頼《たの》んで身動きを取れなくしてもらってから一匹一匹始末している感じかな。

「そもそも、オーガをひとりで相手取るのは青階級推奨《すいしょう》です。なぜひとりでそんなに倒せるんですか？」

「タラトが一緒《いっしょ》ですから。タラトに頼んで身動きを取れなくしてもらってから槍と魔法で倒してます」

「ああ、なるほど。あなたはテイマーでしたよね。わかりました、とりあえず無茶はしていないと」

「はい。無理はしていません」

「では事情聴取《ちょうしゅ》も終了です。階級も黒階級にランクアップします。正確には緑階級まで上がるのですが、緑階級になるためには試験を受けないといけないため一時保留です」

「わかりました。問題ありません」

「緑階級の昇格《しょうかく》試験はいつ受けますか？　直近なら明日開催《かいさい》されますが」

「内容はどんな感じなのでしょう?」

「教官相手の実戦試験と野営試験です。もっとも、野営の方はやり方を教えるという意味合いが強く、起こされたときにきちんと起きられるか、当番中眠《ねむ》らずに過ごせるかなどを採点するそうです」

うーん、泊まりがけの試験か……。

二日潰《つぶ》れるのは痛いなぁ。

「ちょっと急ぎでやらなくちゃいけないことがあるので試験はまた今度にします。試験っていつ受けられますか?」

「毎週風の曜日です。試験に落ちると一カ月間は再受験できませんので準備は怠《おこた》らないようにしてください」

「わかりました。時間ができたら受けますね」

「そうしてください。あなたの腕前なら青階級相当なんですから……」

うーん、つまり私を青階級まで上げたいということなんだろうか。

私は冒険者としてそこまで頑張《がんば》るつもりはないから、緑階級でもいいんだけどな。

そして数日後、目標であるスパイダーシルクが十巻き揃《そろ》ったらいよいよ商業ギルドに販売《はんばい》だ。

「スパイダーシルク十巻き、確かに受け取りました」

「こちらも七十五万ルビス確かに受け取りました」

「いやはや、まさか本当に二十日間で十巻き揃えてくれるとは思ってもみませんでしたよ」

「ちょっと無理しましたので……」

うん、頑張ってオーガを倒し続け二十日間で十巻きを揃えた。

冒険者ギルドにも毎日顔を出して討伐数《とうばつ》を報告するようにしたら、渋《しぶ》い顔をされたけどそれ以上なにも言われない。

依頼を受けているわけじゃない以上、強いモンスターを狩るのも自己判断ということなのだろう。もちろん、ギルドとして認められたことではないのだろうが。

「それで、これからどうするのですか？　スパイダーシルクを量産してくれるのでしたらありがたいのですが」

「ええと、スパイダーシルクを卸すのは少しストップしようと思います。最近あとをつけられてる気がして」

これも本当。

黒階級の冒険者が毎日オーガ素材を納めているのが目立っているのかわからないけど、最近あとをつけられている気がする。

街を出ればタラトに乗り最高速で谷渡りをしてオーガの生息地まで行くんだけど、帰ってきたらまたあとをつけられている気がしてならない。

冒険者ギルドでも相談してみたんだけど、直接手出しをされない限り動くのは難しいと言われた。なので、オーガ狩りはしばらくお休みにしようと思う。

お金もたくさん手に入ったからしばらく稼ぐ必要もないしね。

「そうですか……それでは、ほかに商業ギルドへご用命はございますか？」

「それじゃあ布を売っているお店を教えてください。私も裁縫をするので」

「かしこまりました。布を取り扱っている商店のリストと地図を作って参りますので、しばらくお待ちください」

わざわざ私のためにリストと地図まで作ってもらえた。

出来上がってきたリストと地図をもとに街の中を歩き、布の値段を調べてみる。

その日一日かけて調べた結果としては、ほとんどの布が同じ値段で取り扱われているということだろう。

一部特殊《とくしゅ》な布は値段の上下が激しいけど、これは仕入れ元の差なんだろうね。

とりあえず一番生地《きじ》の品質がよかったお店まで戻《もど》り、布をある程度の種類、五巻きずつ買っておいた。

あと、魔法裁縫で使う型紙用の魔法紙も数枚。

魔法裁縫の型紙は専用の魔法紙に描《か》かなければならず、それも一定回数使ったら破れて使えなくなってしまう。

私は女神《めがみ》様から破れず使える特別な魔法紙をもらっているけど、その枚数も有限なので基本はお店で売っている魔法紙を使って魔法裁縫をするつもりだ。

女神様の本によると普通の魔法紙は二十回くらい使うと型紙が破れるそうだから、たくさん注文が入って高価な服を作るようになったら女神様の魔法紙を使おう。

宿に戻ったら早速《さっそく》魔法紙を使って型紙作りに挑戦《ちょうせん》だ。

最初に作るのはエプロン。

単純なパーツだけで作れるし、型紙にも描きやすい。

魔法紙に描く型は折り返しなども含めて描かなくてはいけない。

なので、それなりの知識を持っていないと作れないんだ。

でも私には『ミズガルズライフ』で鍛えた知識と経験がある。

ある程度のドレスまでだったらひとりで型紙を作る自信があるからね。

型紙を作り終えたら早速魔法裁縫でエプロンを作る。

使う布はデニム生地。

頑丈で汚《よご》れが目立ちにくいからね。

ちょっとお高めな生地だけど、まあ問題ないだろう。

「では、【魔法裁縫】発動！」

私の魔力が型紙と生地を包み込んで光の玉となり、消えたあとには型紙とエプロン、エプロンに使われた布地が減った生地が出てきた。

生地は大体三分の一くらい使ったかな。

これなら量産もできそうだ。

スパイダーシルクで魔法裁縫ができるようになるまで、どんどん練習を積み重ねていこう。

さて、目の前にはたくさんのエプロンができた。

次はこれらのエプロンにエンチャントを付与《ふよ》していこうと思う。

『エンチャント』とは付与術で様々な道具に与《あた》えられる効果の総称《そうしょう》だ。

わかりやすいものだったら『攻撃力上昇《こうげきりょくじょうしょう》』とか、『防御力上昇《ぼうぎょりょくじょうしょう》』とか。

女神様の本棚《ほんだな》にもエンチャントに関する資料が入っていたが、いままで試す機会がなかった。

女神様からいただいた装備には既《すで》にエンチャントが施《ほどこ》されており、これ以上のエンチャントができなかったからだ。

施されているエンチャントだって『自己修復』とか『装備時重量軽減』とか『貫通力上昇《かんつうりょくじょうしょう》』とか強力なものばかり。

私が使うとき専用になっているから誰かが盗《ぬす》んで使うとか悪事は働けないみたいなんだけど、それでも恐《おそ》ろしい。

さて、私がエプロンにどんなエンチャントを施すのかというと、『洗浄簡易化《せんじょうかんいか》』と『撥水《はっすい》』だ。

どっちも汚れやすいエプロンならあって便利な機能だし、撥水は油汚れも弾《はじ》くから厨房《ちゅうぼう》では便利だろう。

デニムはもっと便利なように『汚れ防止』と『洗浄簡易化』かな。

まだまだ私の腕が伴《ともな》っていないから完成したエプロンのうち何枚が残ってくれるかが心配だけどやってみるしかないよね。

よし、いってみよう！

「エンチャント！　『洗浄簡易化』『撥水』！」

一回目のエンチャント結果は……わかりきっていたけど、やっぱり失敗。

試してみてわかったけど、エンチャントを行うとエンチャントを行うものの中に魔力の回路のようなものが浮かび上がる。

それを上手《うま》く接続できれば成功ってことなんだろうね。

回路を接続できなかったり、回路を激突《げきとつ》させて歪《ゆが》めたりしたら失敗なのだろう。

そうとわかれば練習あるのみ。

「エンチャント！　『洗浄簡易化』『撥水』！」

＊

「うう……結局成功したのは二十八枚だけか……」

百枚以上あったエプロンのうち残ったのは二十八枚のみ。

最後の方は失敗しなくなったから、残っているエプロンはほとんどデニムだ。

デニム地ということは高いんだけど、お客さん、買ってくれるかなぁ？

私がエプロンのことで頭を悩《なや》ませているとドアがノックされて声が聞こえてきた。

「リリィさん、そろそろ夕飯の営業が終わっちゃうよ。食べないの？」

「ええっ⁉　もうそんな時間なんですか！」

「そうだよ。なにをしていたの？」

「エプロンを作っていました」

「冒険者がエプロン？」

「はい。あ、そうだ」

私は完成していたエプロンを一枚手に取り駆《か》け出すと、ドアを開けてそこにいたこの宿の看板娘《むすめ》ミニャスさんにエプロンを手渡す。

ミニャスさんはこの宿に来て以来の知り合いで、歳《とし》も近かったためほかにお客さんがいないときには友達《ともだち》同士のような言葉遣《ことばづか》いで喋《しゃべ》ってくれる。

ちょっと嬉《うれ》しいかも。

「あの、ミニャスさん。このエプロンの使い心地《ごこち》を試してみていただけませんか？」

「そのエプロンの？　見たところ新品だけど、いいの？」

「使い勝手を確かめてもらうのも大切なことですから」

「わかった。よくわからないけど、使わせてもらうね」

ミニャスさんにエプロンを押《お》しつけた私は急いで食堂へと向かい、その日の夕食を食べることに成功した。

ミニャスさんが呼びに来なかったら一食食べそびれていたね。

さて、ミニャスさんにはエプロンを使ってもらうことになったんだけど、それだけでは試用者が足りない。

この宿の女将《おかみ》さんとご主人にも使ってもらわないと……と思い、明日の朝渡す準備をしていたところ、夜になってから女将さんがやってきた。

いわく、ミニャスさんの使っているエプロンを私と旦那《だんな》の分もほしいと。

ミニャスさん、早速使ってくれたみたいなんだけど、皿洗いをするときも汚れものを運ぶときも一切《いっさい》汚れが付かなかった。

最初はミニャスさんも不思議がっていただけだったが、この宿に置いてあった鑑定《かんてい》ルーペで調べてみるとエンチャントの付与されたエプロンだということがわかり、さあ大変。

ミニャスさんもそんな数万ルビスもするような大それたものだとは思っていなかったらしく、女将さんがまとめて交渉《こうしょう》に来たらしい。

でも、私はこの宿で使う分にはお金を取るつもりはないことを説明しておいた。

あくまで私が付与術の練習で作ったものなので、売りものとして外に出すときはきちんと代金を取るとも伝えて。

あと、明日にでも、相談したいことがあるとお願いした。

私には原価しかわからないから、売値となると見当がつかないもの。

ミニャスさんたち一家にエンチャント付きエプロンを渡した翌日、朝食を食べ終わるとものすごい勢いで女将さんに引き留められた。

なにかあったのかな？

「どうかしましたか、女将さん？」

「どうかしたかじゃないわよ！　なんなの、このエプロン！　油汚れも水も弾くじゃない！」

「あ、そこまで弾きますか。水に軽くつけただけだと濡《ぬ》れないのはわかっていたんですが」

「そうなの？　って、そこじゃなく！　こんなエプロン、どこで手に入れたの？」

「あれ？　説明していませんでしたっけ。私が作りました。いい収入があったので布を買ってきてそこから手作りです」

「手作りって……あなた、テイマーじゃなかったの？」

「テイマーもやっていますが、これからは魔法裁縫士としてもやっていこうかと」

「……まあ、食い扶持《ぶち》が多いに越したことはないさね。それで、このエプロンだけど、売るときの値段はいくらだい？」

「ええと……そこを相談したかったんです」

値段はまだ決まっていない。

原価はわかっているからそこから計算すればいいみたいなものだが、エンチャントもつけてしまったし安くはできないだろう。

ミニャスさんたちに渡した分は試供品なので問題ないけど、売るなら値段をつけなくちゃいけない。


さてどうしよう……。

「なるほど、昨日の夜の相談事っていうのはこれかい？」

「はい。お願いできますか？」

「じゃあ、部屋に行って約束通り値段の相談をしてあげようか。時間は大丈夫かい？」

「大丈夫です。特に予定もなかったので」

女将さんと一緒に私の部屋に戻りエプロンの値段について相談に乗ってもらった。

今回のエプロンは新しい布から作るということで安い値段で売ることはできないらしい。

その上、エンチャントまでかけて売るのであれば、なおのこと高くしなければならないそうだ。

「私らが欲《ほ》しいのはこのデニムのエプロンだね。やっぱり頑丈で汚れが目立たないっていうのはいい。ほかのエプロンにはどんなエンチャントがかけられているんだい？」

「麻と木綿《もめん》には『撥水』と『洗浄簡易化』です。デニムほど汚れにくくないので、汚れる前提ですぐに洗って汚れが落ちるようにしてあります」

「なるほど。それはいい考えだ。あとは、布の色を増やすといいね」

「色、ですか？」

「麻布《あさぬの》や木綿布なら色つきのものもそんなに高くないはずだよ。バリエーションがあれば買っていく方としてもいろいろ楽しめるってもんさ。安くはない買いものだからね」

ふむ、なるほど。

確かにそうかもしれない。

「それで、値段はどうすればいいでしょう？」

「そこは原価と付加価値で考えなくちゃね」

「原価と付加価値ですか？」

「原価は元の布の値段。このデニムのエプロンは元の生地だといくらだったんだい？」

「ええと三万五千ルビスです。その布一巻きから三枚のエプロンが作れました」

「じゃあ、最低でも一枚一万五千ルビスくらいは取らないといけないね。加工の手間賃が発生しているんだから」

加工の手間賃。

私は魔法裁縫でぱぱっとやっちゃうけど、普通はそんなわけにもいかないし必要だよね。

それからエンチャントにもお金を取らなくちゃいけないらしい。

何回も練習して失敗しなくなってきたけど、本来エンチャントは何回も失敗して商品をだめにしながら作るものなんだ。

それが未エンチャントのものとほぼ同額ではエンチャントをかけたものから売れていくし、そのエンチャントだってきちんとかかっているか怪《あや》しまれる。

エンチャントがかかっているかを確認するためにエンチャント確認用の鑑定ルーペを用意した方

がいいとアドバイスされた。

そのほかにも、私が売ったことを証明するサインをどこかに書き込むようにしなくちゃいけないとも忠告された。

そうしないとどこかの店が同じデザインで作った粗悪品《そあくひん》をばらまき始めるからって。

お店のサインを作ってサインを商業ギルドに登録しておけば、真似《まね》される心配はないらしい。

逆に真似された場合、偽造《ぎぞう》した側に対して重い罰金《ばっきん》が科せられるそうだ。

そこまで考えていなかったし、早く対処しよう。

その日は布をまた買ってきて商品の補充《ほじゅう》に充《あ》てた。

宿の女将さんやミニャスさんとも相談し、麻のエプロンは二万ルビス、木綿のエプロンは三万ルビス、デニムのエプロンは四万五千ルビスで売ることにする。

売れるかどうか自信はないけれど、あくまで自分の練習だと思い、利益が出なかったとしても仕方がない。

私の目的はスパイダーシルクで魔法裁縫ができるようになることなんだからね。

あと、偽造防止用のサインはポケットの内側に金色の百合の花を描くことにした。

これなら真似したくても真似できないだろう。

商業ギルドに見せにいったときも、ここまで精巧《せいこう》な細工を偽造できるとは思えないと褒《ほ》められたしね。

その時、露店《ろてん》の申請《しんせい》にも行ったけど、あまりいい場所は空いてないって言われてしまった。

いい場所は長期契約で借りている人が大半なんだそうだ。

私の場合、短期でそれも毎日するつもりもないため、いい立地は必要ない。

とりあえず商業区の食堂街に近いあたりを明日から三日間押さえてもらった。

翌日、露店を開くための道具を持って指示された場所に行くと、既に両隣《りょうどなり》のお店は営業を始めていた。

どちらも軽食を売る店で、右隣は串焼《くしや》き肉、左隣はスープを売る店だ。

私は簡単にあいさつをしてから露店の棚《たな》を組み立ててその上に商品を並べる。

風に飛ばされないよう、保護カバーも上にかぶせてだ。

ちなみにこのカバーは、スライムゼリーから作られた布にエンチャントを施して作った自前の品である。

「おっ、嬢ちゃん、裁縫士見習いか？」

「はい、そんなところです」

「でも、裁縫士見習いだったら街の服飾店《ふくしょくてん》に弟子《でし》入りした方がいいんじゃないのかい？　その方が安定して給金ももらえるし、腕だって鍛えられるよ？」

「ご心配いただきありがとうございます。でも、私は冒険者もやっているので、ひとつの街にずっといるわけでもないんですよ」

「そうなの？　……それにしても高いエプロンね。新品の生地を使ったにしても高すぎるわよ？」

「あ、このエプロンは私がエンチャントを付与してあるんです」

「「エンチャント!?」」

あ、両隣の店主さんが声を揃えて驚《おどろ》いた。

結構大声だったので通りを歩いている人にも聞こえたらしい。

物見遊山《ものみゆさん》の人たちがたくさん集まってきた。

「嬢ちゃん、本当にエンチャント付きなのか？」

「本当ですって。はい、鑑定ルーペ」

「お、おう。……たまげたな。目に映る商品すべてがエンチャント付き、それも二種類ずつだ」

「二種類だって⁉　あんた、早くそれをこっちにお寄越《よこ》し！」

「お、おう。それで、嬢ちゃん。そのデニムのエプロン、いくらだ？」

「デニムのエプロンは生地がちょっと高いので四万五千ルビスになります」

「よし、買った！」

「え、いいんですか？」

「串焼《くしや》きなんてしてると汚れものがどんどん出るからな。『汚れ防止』っていうことは汚れにくいってことだろう？　洗濯《せんたく》が楽になるなら儲けものだ。予備も含めて二枚買わせてもらうぜ」

「ありがとうございます！　紙袋《かみぶくろ》に包みますか？」

「いや、一枚はそのまま着る。もう一枚は予備として後ろに置いておくからいいわ。支払《しはら》いは商業ギルドの口座決済でも構わないよな」

商業ギルドで口座を持っている者同士だと、身分証を重ねることで引き渡しが可能なんだ。

引き渡す側が金額を指定して、受け取る側が了承すれば引き渡しは終了。

引き渡す側に手数料が発生するけど大金を持ち歩かなくて済むので、商人同士ではこの方法が一般《いっぱん》的なようだ。

商業ギルドが間に入ってくれる分、詐欺《さぎ》にも遭《あ》いにくいしね。

「はい。……九万ルビス確かに受け取りました。それではこちらをどうぞ」

「おう、ありがとうな……って、体のサイズに合わせてエプロンのサイズが変わったぞ⁉　魔法裁縫製だったのか⁉」

「はい。魔法裁縫士ですので」

「そういうことは早く言え！　四万五千ルビスなんて掘《ほ》り出しものレベルじゃないか」

「そうさね。お嬢ちゃん、あたしにもエプロンを売ってくれ。あたしは木綿のエプロンを五枚だ。色は……」

両隣の屋台の店主が買って身につけてくれたことで、私の屋台も注目度が増し覗《のぞ》いていってくれるお客さんが増えた。

でも、普通の人じゃ一般的な新品の服よりも高値なエプロンなんて買ってくれない。

逆に食堂の店主などは高値であっても汚れものが出にくくなるこれらのエプロンを大人買いしていってくれた。

午後四時くらいにはデニムのエプロンは完売、それ以外も数枚を残して売り切れだったため店じまいすることにした。

私はこのまま布を買い足しにお店へと足を運ぶことにする。

……一日でかなりの大もうけができたなぁ。

露店二日目も商品はほぼ売り切れた。

昨日よりも多くの在庫を用意していったにもかかわらずだ。

噂を聞いてちょっと離《はな》れた場所にある食堂や宿屋からも買いにきてくれたらしい。

ありがたい。

露店は三日間を予定していたので明日もやるのだが、明日は一品商品を増やすことになった。

それは『子ども向けエプロン』だ。

いままでエプロンは大人向けサイズしか作ってこなかった。

でも、この世界ではある程度の年齢《ねんれい》になると、親の仕事を手伝うことはよくある話。

つまり食堂や宿屋を経営している夫婦《ふうふ》の子どもは、食堂や宿屋で働いていることが多いのだ。

そこに私が作った綺麗《きれい》なエプロンを持っていくと、子どもの方もそれが欲しくなってしまったらしく、子ども向けサイズも作ってもらえないかとたくさんの要望をいただいた。

作っていなかった私が言うのもなんだけど、そんなに顧客《こきゃく》が多かったんだね。

私のエプロンが魔法裁縫製でサイズが変わるといっても五センチ程度が限界。

大人向けでは子どもには大きすぎたみたいだ。

なので、三日目からは子ども向けエプロンも追加。

色は薄《うす》いピンクと青の二種類のみ。

ピンクのエプロンは女の子向けとして可愛《かわい》らしくフリルを、青いエプロンは男の子向けとしてポケットを二段にしてみた。

素材は麻で、値段はどちらも五千ルビス。

さて、お客さんは買ってくれるかな？

期待と不安をない交ぜにして露店の場所に向かうと既に人が集まりつつあった。

昨日の件で私の露店はそこまで朝早くからやらないことは知っているはずなのに、それなりの混み方だ。

お隣さんの迷惑《めいわく》にならないうちに露店の準備をしてしまおう。

「おはようございます」

「おう、おはよう。お前のところは相変わらず繁盛《はんじよう》しているな」

「おはようさん。あたしのところの食いものも一緒に買っていってくれるから売り上げが上がって助かるけどね」

「そいつは俺《おれ》も一緒だ！　嬢ちゃんのおかげでここ二日はいい売り上げになってるよ。エプロンの元は取れたぜ」

「それならよかったです。……それでは、今日のお店を始めます。今日はご要望のあった子ども用エプロンを作ってきました。ピンクと青色の二色です。お値段はどちらも五千ルビス。露店は今日で一旦《いつたん》お休みにしますのでお早めにどうぞ」

私が言い終わると露店に集まっていたお客様たちは商品を吟味《ぎんみ》し始める。

子ども用エプロンには『汚れ防止』だけをつけておいた。

魔法裁縫で布製のエプロンならこれくらいの値段で大丈夫と『夜闇の獅子』の女将さんからも太鼓判《たいこばん》を押されている。

商品を選び終えたお客さんは順々にエプロンを買っていった。

やっぱり人気は女の子向けに作ったピンクのエプロンだ。

こっちの方が男の子向けより二倍の量を作っているし売り切れずに済むだろう。

でも、男の子向けのエプロンもそれなりに売れている。

話を聞くと、こちらは宿屋や食堂ではなく青果店や鍛冶屋《かじや》などの子ども向けに買っていくそうだ。

そういったお店ではポケットがふたつ付いているということのメリットが大きいみたい。

色だけというわけじゃないんだね。

そのまま午前の販売を終了し午後の販売をしていると柄《がら》の悪い男たちが露店へとやってきた。

私の売ったエプロンがドロドロに汚れてしまったというのだ。

返金しろと騒《さわ》ぎ立て始め、露店の台を蹴《け》ろうとしたところでタラトが飛び出して男たちを蜘蛛糸でからめとる。

そのあと、衛兵さんがやってきて男たちの身柄を拘束《こうそく》した。

それでもなお自分たちは被害者《ひがいしゃ》だというので、私は男たちの持ってきたエプロンの内側を調べたが私のお店で売っている商品の証《あかし》であるサインがどこにもない。

衛兵さんにも確認してもらい、これは商業ギルドでも登録してあるということを告げると「男たちを商業ギルドに引き渡してくる」といって去って行ってしまった。

隣の店主から聞くと、こういう脅《おど》しはよくあることでそれを生業《なりわい》にしている人たちもいるらしい。

そのため、食べもの以外のものを売る商売人たちは自分にしかわからないサインをどこかに隠《かく》して入れておくのだとか。

それだけでも効果があるが、高額な商品になるとそれでも偽造する者が出てくるため、本物であることを証明するための魔法印を作っておくことをお勧めされた。

私もまだそこまで高いものを作っているわけじゃないけど、魔法印を作ることは考えておこう。

三日目の露店も終え、商業ギルドに露店セットを返しに行くと昼間の男たちの件で報告があった。

やっぱりあの男たちは私を脅して金をゆすり取ろうとした者たちで、前科も多かったため、犯罪者として危険な鉱山送りになったそうだ。

ここでも魔法印の早期作製を勧められたので本気で考えよう。

それなりの値段はするけれど、安心には代えられない。

商業ギルドから宿までの道を歩いて行く途中《とちゅう》、私が作ったエプロンを身につけてお店の手伝いをしている子どもを早速見つけた。

気に入ってくれるといいなぁ。

こうして三日間のエプロン露店を終えたら一日の休みを挟《はさ》み冒険者階級をランクアップするための試験に臨《のぞ》むことにした。

緑階級の試験には野営試験もあるため宿をどうしようか悩んでいたけど、女将さんから同じ部屋をキープしておいてくれると教えられたのでお願いすることに。

当日の朝、冒険者ギルドに行くと大勢の若い冒険者でごった返していた。

これがみんな緑階級試験を受ける人たちだろうか？

とりあえず私も受験申し込みをしないと。

「ようこそ。緑階級試験の申し込みですか？」

「はい。まだ大丈夫でしょうか」

「ええ、大丈夫ですよ。身分証をご提示ください」

「はい、どうぞ」

「確認させていただきます……はい、確認いたしました。ランクアップ試験頑張ってください。もっとも、オーガをひとりで倒せるあなたでしたら実戦試験は問題なく通るでしょう」

「はあ」

うーん、オーガってそんなに強いモンスターなのかな。

確かに女神様の武器とタラトがいるからこそ勝てる相手だけど、ほかの人たちだって十分な装備を調《ととの》えてから挑《いど》むはずだし。

でも、装備って結構高いから最初は十分な装備を揃えられない状態で戦わなくちゃいけない？

だけど、それだと死ににいくようなものだしなぁ……。

「そろそろ緑階級の実戦試験の時間だ。受講者は訓練場に集まるように」

あれこれ考えていたら試験時間になったようだ。

ぞろぞろと移動する人波にあわせて私も移動する。

ヴァードモイの冒険者ギルドはかなり広い訓練場を有していたが、それでも受験者で半分くらい埋《う》まってしまった。

試験官の話によると今回は多い方らしい。

この春に新しく冒険者になった新人が緑階級にランクアップし始める頃《ころ》なんだとか。

だけど、この中で緑階級にランクアップできるのは多くて二割ほど。

ほとんどは実戦試験で弾かれる。

私も気合いを入れないと。

実戦試験は訓練用の装備を使い、自分のやり方で受験生同士の戦いで二勝し試験官相手に善戦すれば合格をもらえる。

受験生同士の戦いで負けたり試験官相手に惨敗《ざんぱい》したりしたら失格、次の試験までランクアップはなしだ。

次の試験も一カ月以上間を置かないと受験できないし、受験費用も黒階級の冒険者としては安くはない金額を支払っているため、みんな目が真剣《しんけん》である。

なお、対戦相手は試験官が決め、お互《たが》い、八百長《やおちょう》はできない……とされている。

「次、リリィ対ボブ！　前へ出ろ！」

私の相手はそれなりに年上の男の人。

両手剣を油断なく構えているが、剣の重さに負けている様子はない。

この人も黒階級なんだろうか？

「それでは試験試合、始め！」

試験官の合図があったが目の前の剣士は様子を見ているのか動かない。

……私からすると隙《すき》だらけなんだけど。

「タラト」

タラトがお尻《しり》から蜘蛛糸を噴《ふ》き出すとそれを慌《あわ》てて剣でガードする剣士。

でも蜘蛛糸を剣で防いだところで剣ごと蜘蛛糸にからめられて身動きが取れなくなるだけだ。

結局、相手の剣士は私がなにかする前にタラトの蜘蛛糸で身動きが取れなくなり、試験官から負けを言い渡されてしまった。

「ちょ、ちょっと待ってくれ！　俺はあの小娘に負けていない！　あの蜘蛛に負けただけだ！」

「あの娘はテイマーだ。開始前から足元に蜘蛛型従魔がいて蜘蛛糸による拘束を想定していないお前が悪い。テイマーがテイムしているモンスターを使って戦闘《せんとう》するのは冒険者としても当然だ」

……ああ、なんとなくあの男の人が黒階級な理由がわかった。

相手のことを低く見て油断しているんだ。

私を相手にするときだって蜘蛛糸を警戒《けいかい》して動き回れば少しは善戦できたかもしれないのに。

ちなみに第二戦も対戦者がタラトの蜘蛛糸を避《さ》けきることができず、負けを言い渡されてしまっていた。

やはりタラトは強いらしい。

そして、いよいよ試験官との対戦だ。

今回は勝つのではなく善戦、つまり試験官から認められればそれでいい。

でも、できれば勝ちたいよね？

「さて、準備はいいか？」

「はい！」

「よし、始めるぞ！」

今回はタラトも本気のようで試験官の周りに何個も蜘蛛糸のかたまりを投げ出す。

あれに足を踏《ふ》み入れれば足が絡まり動きにくくなるという寸法だ。

でも、試験官もそれくらいはお見通しといわんばかりに蜘蛛糸のかたまりを火で焼いてしまう。

この蜘蛛糸は普通の糸ではなく可燃性の糸なので激しく燃え上がり試験官を炙《あぶ》るが、たいしたダメージにはなっていない。

さらに、試験官の前には私に向けてまっすぐ一本道の炎《ほのお》の隙間があるのだけど、それも無視して炎の壁《かべ》を突《つ》っ切り壁の外へと通り抜けた。

まっすぐ走ってくればタラトの糸の餌食《えじき》になる可能性が高いことをわかっていたんだろうね。

これで勝負は仕切り直しになり、タラトは再び蜘蛛糸を出した。

今度はかたまりを吐き出すのではなく、放射状に広がる糸を試験官に向けて投げ出したのだ。

これには試験官も対応が遅《おく》れ糸に絡まってしまう。

今回の糸は難燃性の糸なので火で焼き払うのは難しいのだ。

試験官が糸に絡まったことを確認して私は飛び出し、槍で鋭《するど》く突く。

試験官は動きづらそうにしながらも剣を使ってそれを受け流した。

今度は試験官が反撃とばかりに剣を振ってくるが、糸が絡まっているため振りが遅《おそ》く、私は後方に飛び退《の》いてかわす。

剣を振り抜いた試験官はすぐに姿勢を整えようとするが、その前にタラトが追加の糸をからめてしまった。

「……まいった。蜘蛛型モンスターってのは強いんだな」

試験官はこれ以上の戦闘が不可能と判断し負けを認めてくれた。

試験官に勝っちゃった！

やったね、タラト！

私は試験官に勝つことができたけど、ほかの人たちはまだまだ試験が続いている。

私と戦った試験官はところどころに火傷《やけど》を負っており、傷の治療《ちりょう》が必要と判断されたため一時試験監督《かんとく》から離脱《りだつ》していた。

ちなみに、火傷の治療も私がしている。

「お前、回復魔法も使えるんだな」

「はい。まだ、どの程度の治療ができるかは試していませんが」

「どれくらいの治癒力《ちゆりょく》があるかは調べておいた方がいいぞ。いざというときの備えになる」

本当は骨が砕《くだ》けたり内臓に傷がついたりしても治療ができそうなんだけど、さすがにそれは言えない。

どうにもこの世界の回復魔法って医学的な知識がどの程度あるのかによって効果が変わるみたいなんだ。

前世では重度の病気持ちだった私は、自分の病気について知るためにもいろいろと医学についての知識を蓄《たくわ》えていた。

それがこんな形で役立つなんて思いもしなかったよ。

「治療もしてもらったしお前との戦闘について講評だ。まず従魔とのコンビネーションは素晴《すば》らしいの一言に尽《つ》きる。互いに長所を理解しており、仕掛《しか》けるタイミングもいい。今回は従魔から糸を飛ばして仕掛けていたが、お前が先に魔法を飛ばして牽制《けんせい》することもあるんだろう？　それに蜘蛛糸は事前に罠《わな》として設置することもできる。対等な状態から始める試合なんかより入念な準備を行える環境《かんきょう》の方がお前たちは輝《かがや》くな」

うん、私とタラトはどっちも罠を使って戦うことが多い。

タラトの糸はもちろん、私の魔法も事前に設置しておいてモンスターが踏んだり通り抜けたりすると効果が発動するものを開発してある。

そういう意味では森の中とかの方が私たちは強いのかな？

「俺の動きが鈍《にぶ》ったとき槍で突いてきた判断もよかった。大振りにならず、あたれば次の攻撃を即《そく》座《ざ》にできるように整えていたからな。受け流されたときも盾を構えながら飛び退いたのはいい判断だった。難点を挙げれば、飛び退いたところに追撃が届くと弾き飛ばされてしまいそうなことだが、その状態になる前に従魔の蜘蛛糸が相手をからめとるんだろうな」

あの時は受け流し方が上手くて切り返しも早かったから驚いた。

タラトも試験官の攻撃前に糸でからめとることができなかったから、予想以上に早かったのだろう。


もっと動きが速い相手との訓練も重ねないと。

「問題点を挙げるとすると、やはり従魔と分断されたときにどうするかという話になるな。これはテイマー共通の問題なんだが、テイマーは従魔とセットで行動することが前提だ。そのため、テイマーと従魔が分断されると戦闘力が半分以下になる。従魔の方なんて場合によっては戦闘力が皆無《かいむ》になることがあるからな。普段から分断されたときどうするかは決めておいた方がいいだろう」

うーん、やっぱり分断されたときは問題になるか。

私もタラトと一緒に戦うことが前提の戦闘スタイルだから、ひとりだと結構辛《つら》いかも。

お互いにひとりで戦う訓練もしてみようかな。

「リリィは盾で身を隠しながら隙を見て短槍《たんそう》で反撃するタイプだろう。まずはどんな攻撃にも耐《た》えられるどっしりとした構えを身につけることだな。それから相手に回り込まれることがないように盾を柔軟《じゅうなん》に取り回せる身体能力、短槍を差し込みすぎて抜けなくなるようなことにならないような手さばきなど上を目指せばやるべきことは多い」

なるほど、それだけ改善点があるんだ。

私は女神様の装備頼みで戦っているから気にしなかったけど、もっと体を鍛えないとだめかも。

対人戦も考えると身体能力が足りていないよね。

「蜘蛛の従魔の方は……正直わからん。テイマーギルドで聞いてくれ。ただ、蜘蛛型従魔というのは聞いたことがないから、テイマーギルドでも珍《めずら》しいか報告がないんじゃないか？　そうなると魔石を与えて進化することを目指すのが最善手になるが、あまり急ぎすぎると言うことを聞かなくなる。テイマーには従魔とのつながりがわかるそうだが、それを途切れさせないようにして進化を目指すといい」

やっぱりタラトは進化だよね。

タラトからもあと五十個くらいオーガの魔石を食べれば進化できそうって話を聞いているし、その時が楽しみ。

私たちの講評が終わると試験官は試験監督に戻っていった。

私とタラトは冒険者ギルドの中に戻って待っていてもいいし、この場でほかの受験生の様子を見ていてもいいそうだ。

パーティを組むつもりがあるなら回復魔法で治療してやればいいし、そのつもりがないなら手を出さない方がいいともアドバイスされた。

回復魔法の使い手は貴重で、若い女性の冒険者ともなれば勧誘《かんゆう》合戦が待っているそうだ。

私はパーティなんて組む気がないから悪いけど治療なしかな。

ごめんね。

そんな激しい実戦の部を終え、受験生は全体の二割未満まで減った。

今回の試験は今年登録した新人が初めて受ける割合も多かったため、厳しい結果となったようだ。

冒険者ギルドとしても護衛依頼を受け出す緑階級をそんな簡単に与えることはできないということなんだろう。

ともかく、実戦試験が終わり野営試験へと移る。

野営試験はヴァードモイを出て東の森に入り、途中にある野営地で一泊して戻ってくるという試験だ。

引率《いんそつ》として試験官が複数名同行するが、モンスターなどが現れても基本的に対処はしない。

受験生同士で協力し合い倒すようにということだった。

また、野営試験では必要な道具をギルドから貸し出してくれる。

テントやマントを始め虫除《よ》けやロープなども貸し出し品に含まれている。

逆をいえば、自分たちで野営をする場合、これらの道具は最低限持ち歩かなければいけないということでもある。

ちなみに、私のリュックには全部入っている。

テントも女神様のモンスター除け加護付きワンタッチ式展開テントだ。

今回の試験でそんなものを使ってしまうと目立つので使わないけど。

さて、実際の試験だがギルドで昼食をとってからスタートする。

受験生の間で持ち運ぶ荷物を分け合い、誰がどれを運ぶかを決めるところからスタートなのだ。

もちろん、このときも誰がどれを運ぶかでもめごとが発生した。

ほとんどの受験生が軽い荷物を持ち歩きたがっていたのだ。

私のように常日頃からある程度重たい荷物を持ち歩き慣れている人や体力のある人は重い荷物を背負って行くことですぐにその輪から抜けるが、それ以外のメンバーは少しでも軽い荷物を持とうとしてなかなか決まらない。

結局、年長の受験生が体格から荷物を割り振ったが、こんなことで大丈夫なんだろうか？

私は自分の受け持った荷物にひとりで野営できる道具のほとんどを持ったけど、軽いものを持っている人たちはお互いに助け合わないと満足に野営することもできないのに。

少し遅くなってから野営地に向けて出発すると、遅れを取り戻すために少し早歩きで森の中へと入って行く。

これはある程度日が高いうちに森の中の野営地まで到達するための措置《そち》だ。

だが、森の中を静かにかつ早く移動するにはなかなか神経を使う。

そうなると遅れる者が出始めるのだが、これについて試験官はなにも言わない。

あくまで受験生同士で助け合うようにするとのことだ。

遅れ始めたメンバーの分の荷物を少し軽くすることで負担を軽減するが、そうなってくると誰かが余分な荷物を持ち歩く必要がある。

ここでも誰が持つかでもめごとが発生しそうになったが、先ほどとりまとめた冒険者の一言で誰が持っていくのかすぐに決まった。

これ以上遅れが出れば野営地にたどり着けないからだ。

更に野営地への道を歩いていると、正面の茂《しげ》みがガサガサ揺《ゆ》れ、そこからイノシシが姿を現した。

幸いこちらが風下でイノシシには気付かれていなかったためやり過ごすことも可能だったが、同行していた受験生のひとりが先走って弓矢で攻撃を仕掛けてしまう。

「ブヒ！」

矢が刺《さ》さったイノシシは興奮してこちらに突撃してきた。

だが、途中でタラトの糸にからまり動けなくなったところを私が短槍で目玉から脳を突き刺し仕留める。

ふう、危なかった。

「……仕留めたのか？」

「はい、仕留め終わりました。早いところイノシシの死体を埋めて野営地に向かいましょう」

「馬鹿《ばか》、なにを言っているんだ。せっかくの肉だぞ。解体するに決まっているだろう」

「いまから解体していると野営地に着くのが遅れます。それにこんななにもないところでイノシシを解体したら、血の臭《にお》いを嗅《か》ぎつけてほかの獣《けもの》やモンスターに襲われかねません」

「くっ……じゃあ、お前の従魔で引きずり野営地まで運んでから解体するのは？」

「血の臭いがするのは一緒ですよ。近くに川などがあればそこで流すこともできるでしょうが、近くに川なんてありませんよね？」

そう、この近辺には川も泉もない。

野営地へと出発する前に近隣《きんりん》の地図を読み込んでいた私には簡単なことだ。

「だが……」

「そこまでだ。今回の判断はリリィの方が正しい。それに獲物《えもの》を仕留めたのはリリィひとりの手柄だ。獲物をどうするかはリリィが判断すべきこと、余裕《よゆう》があるなら解体して肉にする方が正しいが、時間がないのに大型の獣を解体している暇《ひま》なんてないぞ」

試験官が間に入り、私と口論していた受験生も渋々矛《しぶしぶほこ》を収めた。

あとは私が土魔法で穴を掘り、火魔法で骨になるまで焼いて埋めておけば問題ない。

イノシシの後処理が終わったら改めて野営地へと進む。

なんとか野営地へは予定時間より少し遅い程度でたどり着けた。

ほかの受験生たちはそれで気を抜いていたけれど、野営地に着いたらテントを用意したり、たき火のための木を集めたりとやることは多い。

試験官たちにドヤされて散っていく受験生たちを尻目に、私は自分の持ってきたテントを立てていくのだった。

＊

「リリィさん起きて。交替《こうたい》の時間だよ」

「……はい」

いまは夕食も食べ終え野営の時間だ。

でも、懐中時計《かいちゅうどけい》持ちの私にはわかる。

交替の時間まではあと三十分早い。

でも、それを指摘《してき》するのも面倒《めんどう》だし、起きてしまった以上野営の見張りをしよう。

野営地のたき火のそばには試験官ふたりの姿があった。

私と同じ時間に見張りを務める受験生はまだ起きてきていないらしい。

大丈夫なんだろうか？

「おはよう。ずいぶんと寝起《ねお》きがいいな？」

「これでもひとりで渡ってきた身ですから」

「あの蜘蛛のモンスターがいれば大抵《たいてい》のことは大丈夫だろうに」

「タラトも毎日少しは寝ないといけないみたいですからね」

タラトも既に起き出していまは木の上で見張りについている。

タラトは私よりも長い時間起きていることができて短い睡眠《すいみん》時間でも十分なようだけど、基本的に私と同じように寝起きしている……はずだ。

宿では一緒に寝ているけど、実は起きてました、とかありそう。

どちらにしても夜目も利《き》くし、頼《たよ》りになる相棒だ。

「それにしても今回の受験生たちは時間感覚のずれが激しいな。既に三十分もずれて起こして回るとは」

「確か、見張り番の時間を計るために砂時計を用意してありましたよね？」

「ああ。最初はそれを使っていたんだが、うつらうつらしてひっくり返すのを忘れることが多くてな。だんだん時間がずれていった」

「それで三十分もずれていたんですか」

「ああ、リリィは懐中時計を持っていたんだよな。冒険者で懐中時計を持っているのは青階級以上がほとんどだから目立つぞ」

「目立つとしても私は商人でもありますからね。便利な道具は手放せません」

「なるほど、一理ある」

そこまで話していた頃、ようやくほかの受験生たちが起き出してき始めた。

だけど、鎧《よろい》を装備している者はほとんどおらず、武器しか持ち歩いていない。

モンスターに襲われたらどうするんだろう？

「お前たち、鎧はどうした？」

「え、いや、寝るときに邪魔《じゃま》なので外していました……」

「馬鹿者！　そんな装備で襲われたらどうする！　せめて見張り番の時くらいは鎧を着けておけ！」

「は、はい！」

試験官に怒《おこ》られて自分たちが割り当てられているテントへと戻って行く受験生たち。

これで本当に大丈夫なのかな。

「……そういえばリリィは最初から鎧を身につけていたな？」

「寝るときも着っぱなしでしたよ。私の場合、あまり体を締《し》め付けるものでもないですし、タラトがクッションを作ってくれるので寝心地は悪くないです」

「なるほど、そこもテイマーの利点というやつか。うらやましいな」

タラトにはいろいろとお世話になっているからね。

タラトがいなかったらもっと苦労していたんだろうな。

「そういえばテイマーって少ないんですよね。どうしてですか？」

「ああ、それか。そもそもモンスターと心を通わせることができる者が少ないんだ。それができても手懐《てなず》けることができるモンスターも少ないしな」

「へぇ……」

「だからテイマーは貴重なんだ。テイマーが従魔の特性を理解して十全に扱うことができれば冒険者階級なんて関係なく活躍《かつやく》できる。リリィが白階級だったのにオーガを乱獲《らんかく》できたみたいにな」

「その節はギルドにご迷惑を……」

「ギルドとしても危険なモンスターが減っているのはありがたいことだが、理由がわからないと調査しなければいけないので困っていたんだろう。オーガの討伐は青階級の常設依頼として発行されているからな」

そうなんだ。

じゃあ、緑階級になったら一人前の冒険者として堂々とオーガを狩り続けても問題はないんだね。

いいことを聞いちゃった。

「それに……」

『キュイー！』

「なに⁉」

私と試験官が話しているといきなりタラトがかん高い声をあげた。

一体なにがあったの？

「なにがあった⁉」

『モンスターがこっちに向かっているよ。数は三匹。だけど、ちょっと大型』

「大型のモンスターがこっちに向かっているそうです！　数は三匹！」

「わかった！　全員、起きろ！　敵襲《てきしゅう》だ‼」

起き出すときはもそもそしていた冒険者たちも敵襲とあれば急いで飛び出してきた。

ただ、装備は武器だけの者が大半で、道中は盾を持っていたはずなのに何も持たずに飛び出してきた人もいる。

大型のモンスターというのがなんなのかわからないけど、大丈夫なんだろうか？

「お前ら、そんな装備で大丈夫なのか！　特に盾持ち！　さっさと盾を持ってこい！」

「はい！」

あ、試験官に怒られて盾を取りに戻って行った。

その間にもモンスターの気配はぐんぐん近づいてくる。

タラトの警戒音がどんどんかん高くなっていくんだよね。

接敵ももうすぐだろう。

「お前ら、こういうときに相手の位置を調べるやり方を教えてやる」

試験官が私たちに向けて指導を始めた。

こんな状況《じょうきょう》でも指導をするなんて結構余裕があるのかな。

「魔力を弱く、広範囲に放ってみろ。モンスターは魔石を持っているから必ず反応がある。野生動物でも若干《じゃっかん》気配を感じ取れるはずだ。ただ、この方法の欠点は自分の存在もモンスターに教えてしまうことだ。既に相手から気付かれている状況のときだけ使え」

魔力を弱く広範囲にか。

試してみたけど、すぐに消えてしまってうまくいかない。

これ、魔力を押し出そうとしているからだめなんじゃないだろうか。

魔力を波のように流すとどうだろう。

「ッ!?　見えました！　取り囲まれてる!?」

「ほう、筋がいいな。そうだ、俺たちはいま取り囲まれている。恐怖《きょうふ》に駆られて逃《に》げ出せばそいつから餌食だ」

状況はわかったけどどう出ればいいんだろう。

タラトが警戒だけして動かないってことは、あっちも連携《れんけい》していてタラトを警戒しているんだろう。

つまり、タラトを下手に動かすと一気に襲われる可能性がある。

タラトがいるのは私たちが集まっている場所の左斜《なな》め後ろにある木の上。

モンスターはそこを避け、三角形になるように木々の隙間からこちらをうかがっているようだ。

ただ、こちらから姿を見ることはできないので相手がなんなのかわからない。

さて、どうでる？

「グアァァッァッ！」

「しまった、たき火が！」

木の間から走り出てきた巨大《きょだい》な影《かげ》によってたき火が踏み消されてしまった。

それにより野営地が暗闇《くらやみ》に包まれる。

飛び出してきたモンスターをからめとろうとタラトも糸を飛ばしたけど、当たらなかったみたい。

「……仕方がない。暗闇の中では俺たちでも戦えない。光源よここに、《ライト》」

試験官のひとりが使った光源の魔法によって再び野営地に光が戻った。

そして、その光に照らされて浮き上がった影は、細長い舌が伸《の》びた熊《くま》。

「アントイーターベアか。討伐階級は青階級推奨、こんなモンスターがなぜここに？」

「そんなことよりどうする？　三匹に囲まれた状態では、受験生をかばいながら倒すのは不可能だ」

「そうだな……リリィ、お前の従魔でこの周囲一帯に蜘蛛の巣を張り巡《めぐ》らせることはできるか？　そこまで頑丈でなくてもいい。蜘蛛の巣を張るスピード重視だ」

「タラト、できる？」

『任せて。やってみる』

「できるそうです」

「よし、お前は俺たちと一緒に蜘蛛の巣が出来上がるまで受験生の外側で守りを固める。少々きついが、オーガを相手にしていたならできるな？」

「自信はありませんがやってみます」

「いい返事だ。だが、無理はするなよ。やつらは長い舌で盾をからめとろうとする。舌が入り込んできたら、すぐに……短槍では長いな、短剣で突き刺せ」

「はい！」

「それではいくぞ！」

タラトが周囲に蜘蛛の巣を張り始めたことでモンスターたちも一斉《いっせい》にこちらへと襲いかかってきた。

ほとんどの攻撃は試験官が弾き飛ばすが、時々その防御をかいくぐって受験生のところまで爪《つめ》や舌が伸びてくる。

舌の先には毒針が仕込《しこ》まれているようで、刺された受験生は次々倒れていった。

私はといえば試験官の指示通り守りに徹《てつ》しながら舌が伸びてきたときだけ反撃している。

どうやらアントイーターベアは後ろ脚《あし》だけで立ち上がることはできないらしく、攻撃パターンは体当たりと前脚の爪、舌による盾のからめとりや針の突き刺しのようだ。

体当たりは正直きついけど爪による攻撃は耐えることができる。

舌による攻撃だけど、針の突き刺しだと舌全体をまっすぐ伸ばさなくちゃいけないみたいで常に盾の後ろに隠れている私にはあまり脅威ではない。

そうなると舌による攻撃はからめとりだけ注意すればいいわけだ。

からめとりはそこまで素早《すばや》くできないみたいなので余裕を持って短剣で防御できた。

そんな攻防を数分続けた頃、突然私の目の前にいたアントイーターベアの背後から大量の蜘蛛糸が降り注ぐ。

もちろん、タラトの攻撃である。

完全に私ひとりに注意が向いていたアントイーターベアはタラトの糸にからめとられて身動きができなくなった。

アントイーターベアには舌による攻撃もあるため、口まで糸でぐるぐる巻きにしてもらってから短槍で目の奥を貫《つらぬ》きとどめをさす。

まず一匹目のアントイーターベア撃破だ。

一匹を倒すと残りが崩《くず》れるのも早い。

私とタラトがフリーになったことでタラトの攻撃がほかのアントイーターベアに襲いかかるようになったからだ。

さすがに警戒されているため一匹目のようにいきなり行動不能にはできないが、少しでも蜘蛛糸がまとわりつくとその分動きが鈍くなる。

動きが鈍くなれば試験官の攻撃がアントイーターベアを襲うようになり二匹目も討伐された。

最後、三匹目のアントイーターベアは形勢不利と見るとすぐに逃げ出したが、タラトが事前に張っていた蜘蛛の巣に引っかかって動きが鈍ってしまう。

そこに追加でタラトの蜘蛛糸が襲いかかり完全に動けなくなってしまった。

身動きが取れなくなったアントイーターベアは試験官によってとどめをさされ、なんとかこの夜の襲撃を切り抜けることができたのだ。

はあ、疲《つか》れた。

戦闘が終わったあと、タラトは野営地の周囲により頑丈な蜘蛛の巣を張り、アントイーターベアを繭玉《まゆだま》で包み込んだ。

試験官の指示により夜が明けるまで野営を続け、夜が明け次第《しだい》受験生と試験官の半分は街へ帰還《きかん》、残り半分の試験官はアントイーターベアがこの野営地に現れた原因を調査することになったのだ。

アントイーターベアはこの場で解体するよりも持ち帰って街で解体する方がいいということで繭

玉のまま街へ持ち帰る。

もしかすると、アントイーターベアを解体することでこの野営地に出現した理由が判明するかもしれないからね。

あと、怪我《けが》をしていた受験生は試験官の回復魔法で治療してもらっていたし、なんとかなった。

こうして襲撃から数時間後、空が白み始めた頃、私たちは街へと出発することになった。

ただ、冒険者ギルドから支給されていた道具はすべて破棄《はき》することになっている。

道具を持ち帰って移動速度を落とすよりも破棄して早く帰ることを優先した形だ。

テントなどは戦闘でかなり傷《いた》みもあったので持ち帰っても補修が難しいと判断したのだろう。

ともかく、重い荷物を運ばなくてもいいと知った受験生たちはほっとした様子だ。

帰り道をかなり急ぎ足で帰ることになったため、どっちがよかったのかはわからないけど。

「よし、お前たち今日はこれで解散だ。予想外のハプニングもあったが緑階級試験はこれで終了、ランクアップが認められた者には後日連絡《れんらく》が行く。今日はゆっくり休め」

さすがに自分の階級よりも格上のモンスターに襲われたとあり、受験生たちは足早に引き上げていった。

私はといえば、繭玉の引き渡しもあるし冒険者ギルドまで同行する。

解体場ではギルドマスター立ち会いの下《もと》、アントイーターベアの見分が行われた。

「これが今回野営地を襲ったアントイーターベアか。お前たち冒険者がつけたと思われる傷以外に外傷はないいし、怪我をして逃げ延びてきたわけではなさそうだな」

「少なくとも初期の段階から動きが鈍っている様子はありませんでした。正直、受験生に死者が出なかったのは偶然《ぐうぜん》リリィが参加していたおかげです」

「そうか。ならばリリィは緑階級に上げても問題ないな？」

「はい。試験官の総意としてランクアップに異存はありません。ほかの連中は調査に行った試験官が戻ってきてから相談です」

「わかった。それにしてもアントイーターベアか。あの野営地から見てどの辺りに生息しているモンスターだったのか」

「確か、山をひとつ越《こ》えたところにいるモンスターですね。山にはオーガが棲《す》み着いているので山越《やま》えは難しいはずです。一体どこから出てきたのか……」

「それを調べるのは我々の仕事だ。まずはリリィのランクアップを済ませてしまおう」

私はギルドマスターと一緒に冒険者ギルドの受付へ戻る。

そこで冒険者階級のランクアップをしてもらった。

これで緑階級か。

オーガ狩りがはかどりそう。

私はやることがなくなったので冒険者ギルドをあとにしようとした。

でも、その途中で軽薄《けいはく》そうな男から声をかけられてしまう。

一体なんの用だろう？

「君、いま緑階級になったんだよね？　俺たちのパーティに入らないか？　丁度ひとり募集《ぼしゅう》してるところなんだよ」

「いいえ、結構です」

「そう言わずにさ。緑階級から青階級に上がるのって大変だぜ？　それも俺が手伝ってやるから」

「必要ありません。私は堂々とオーガ狩りができるように緑階級になっただけです。私の本分は商人です」

「それなら街の移動の護衛も手伝ってやるよ。それならいいだろう？　もちろん、売り上げの分け前ももらうけど」

「いい加減しつこいですよ。私はひとりでやっていくので必要ありません」

「……強情《ごうじょう》だな！　俺に従えばいいんだよ！」

遂《つい》に怒鳴《どな》って私の腕をつかもうとし始めた。

オーガよりも圧倒《あっとう》的に遅いから難なくかわすけど。

「そこ！　なんの騒ぎですか⁉」

「くっ⁉」

あ、あの男が逃げ出した。

一体なんだったんだろう？

「……また彼《かれ》ですか、性懲《しょうこ》りもなく次々と」

「有名なんですか？」

「ええ。緑階級の冒険者なんですが数年間青階級に上がれずにくすぶっているんですよ。最近は新しく緑階級になった冒険者をパーティに引きずり込もうとして待ち構え、パーティ申請を出さずに自分がとどめをさすことで自分だけが報酬《ほうしゅう》を獲得《かくとく》しようとしているんですよね。何回も同じことを繰《く》り返し苦情が殺到《さっとう》しているので、次に同じことをしたら冒険者ギルドから除名処分とすると宣告してあるんですが……」

「効いていないみたいですね、歯止め」

「悪知恵《わるぢえ》だけは一人前のようです」

つまり、どうしようもない冒険者という訳か。

どこにでもいるんだね、誰かを利用しようというやつは。

番外編　移動中の型紙作り

ヴァードモイへの移動中、リリィは夜中に机へ向かいなにかを必死に描《か》いていた。

タラトはそれをぼんやり眺《なが》めていたが、毎日毎日机へ向かっているのを見てなにをしているのか疑問を持ってきたようだ。

出発から十日ほど経《た》った晩、ついにタラトはリリィに聞いてみた。

その紙はなんなのかと。

「これ？　服の型紙だよ」

『服の型紙？』

「そう。服を作る時にどんな感じに布を切り分けるかを描いた紙。まあ、これは普通《ふつう》の紙だから、イメージとおおよその形を描いただけだけど」

『普通の紙じゃだめなの？』

「うーん。魔法裁縫《まほうさいほう》ってね、魔法裁縫用の型紙に完成したときのイメージ画と服のパーツを描くと、あとは魔法でちょちょいっとやってくれるんだよね。ネイストじゃ魔法裁縫用の型紙が手に入らなかったから、普通の紙に描いているけど」

『ふーん』

タラトは机の上に広げられていた型紙の一枚をつまみ上げた。

そこに描かれているのは、ものすごく単純な頭と腕《うで》を出すための穴が開いた服である。

これがなんなのか、タラトにはわからなかった。

『リリィ、これはどんな服になるの？』

「見ての通り、頭と腕を通すだけの簡単なシャツになるの。Tシャツっていってね、まあ、肌着《はだぎ》みたいなものかな」

『そんな服を人は着るの？』

「風通しがよくて私は好きだよ。ただ、この世界で売れるかどうかはわからないなぁ」

それを聞いてタラトは思い出した、リリィが別世界の住人であったことを。

タラトからすれば、なんとなく従うことが正しい気がして付いてきた相手だが、リリィは元々別の世界で生きてきて女神《めがみ》によりこの世界へと転生してきたらしい。

文化や風習が違《ちが》うのは当たり前で、この世界の基準に囚《とら》われないのがリリィなのだ。

タラトにも人の世界の文化はあまりわからないが。

「それにしても、この世界で布がこんなに高級品だなんて思わなかったよ。もっと気軽に買える品だと考えていたのに」

『布ってそんなに手に入らないの？』

「麻《あさ》も綿もあまり栽培《さいばい》されていないみたい。布をたくさん作るのにはかなり広い農地を確保する必要があるし、モンスターも含《ふく》めた害獣《がいじゅう》対策もしなくちゃいけない。そこまでするなら、まずは食《しょく》糧《りょう》になる麦を生産するのが基本らしいね」

『麦かぁ。麦ってパンとかを作る材料だよね。なんでそれをたくさん育てているの？』

「私もこの世界のルールはよく知らないけど、やっぱり食べるものを確保するのはすべての基本だからね。パンはこの世界でも一般《いっぱん》的な主食みたいだし、それを作るための小麦はたくさん育てなくちゃいけないんじゃないかな」

タラトはやっぱり不思議に思う。

タラトにとって食糧は、副次的なエネルギー補給でしかない。

モンスターの主な食べものは種族によって異なるが、タラトの種族であるラージシルクスパイダーはほかのモンスターの魔石《ませき》である。

ほかのモンスターを捕食《ほしょく》するため、森のあちこちに罠《わな》を張り、獲物《えもの》を追い詰《つ》め、動けなくなったところを仕留める。

それがシルクスパイダー族の生態系だ。

植物を主食にするモンスターもいれば肉食のモンスターもいる。

そして、ほかのモンスターを主食にするモンスターももちろん存在する。

それがモンスターの世界の生態系である。

ちなみに、シルクスパイダー族が少ない理由もここに由来している。

自分たち以外のモンスターを主食とするために各地に分散し、ときには餌《えさ》にしようとしたモンスターに負けて死ぬこともあるのだ。

タラトのラージシルクスパイダーもまた、生存競争に負ければその地域から消え去るのである。

このことがスパイダーシルクの希少性を増す要因のひとつであり、流通数が少ない原因となる。

もちろん、一般的なモンスターよりも比較的《ひかくてき》強いことは確かである。

「そういえば、タラトって仲間はいるの？　タラトの巣の周りには仲間がいなかったみたいだけど」

『僕《ぼく》の生まれた場所はずっと離《はな》れた場所だよ。僕の種族は自分の狩《か》り場を決めるために、ある程度育ったら旅に出るんだ』

「へぇ。元の場所にはどれくらいいたの？」

『三十匹《ぴき》くらいかなぁ。でも、餌の捕《つか》まえ方を覚えたらすぐにいなくなっちゃうから、あまり種族としてまとまった行動はしないかも』

「なるほど。一度ほかの場所に居着いたら、仲間との交流ってなくなるの？」

『なくなるかな。連絡《れんらく》を取り合う手段もなくなるし、お互《たが》いにどこにいるのかもわからない。ほかの仲間の縄張《なわば》り近くには巣を作らないし、一度居場所を決めたらあまり移動しなくなるんじゃないかな』

「じゃあ、タラトが変わり者ってこと？」

『かもしれない。僕たちは巣を作ったら、その近くに狩り場を作って獲物を狩るのが普通な気がする。あまり人間についていくメリットもない気がするし、餌が枯渇《こかつ》していないのに移動するのは珍《めずら》しいと思う』

「ん？　じゃあ、タラトの種族ってあまり移動しないってことだよね？　それならもっとスパイダーシルクが流通してもいい気がするんだけど」

『それはないんじゃないかな。リリィは知らないだろうけど、普段リリィに渡《わた》している蜘蛛《くも》糸って魔力が満ちたときにしか作れない特別な糸なんだよね。僕も、昔はこの糸を非常食として巣にくくりつけていたし、一度絡《から》み合ったらなかなか巻き取ることができないはず。だから、この糸を持ち帰ろうとすれば、その巣の主《あるじ》と戦うことも想定しなくちゃいけないし、持ち帰る方法や持ち帰ったあとに巻き取るのも難しいと思う。だから、人間たちの間でスパイダーシルクって珍しいんだと思うよ』

リリィは本当に知らないことなのだが、スパイダーシルクを作るために使う糸は基本的に巣の上の方に吊《つる》される。

また、シルクスパイダー族は背の高い木の間に巣を作ることが多い。

従って糸は非常に高いところに吊されることとなり、人の手で採取することが難しくなるのだ。

さらに蜘蛛の巣ということで粘《ねば》ついた糸ももちろんあるため、それらを避《さ》けて入手することはさらに困難になる。

巣を破壊《はかい》して手に入れることは不可能ではないが、巣を失った蜘蛛が同じ場所にまた巣を作るとは限らないため、継続《けいぞく》して入手することも困難だ。

結局のところ、スパイダーシルクの素材を継続的に大量入手できるリリィが特別なのであって常識では考えられない。

もちろん、リリィは理解していない。

『リリィ、そのTシャツって服はスパイダーシルクで作るの？』

「シルクで作るような服じゃないかな。もっと手頃《てごろ》で肌触《はだざわ》りのいい布がいいと思う」

『そうなんだ。じゃあ、スパイダーシルクではどんな服を作るの？』

「そうだね、簡単なところでいくとブラウスとかかな。やっぱりドレスを作ることが最終目的だけど」

『ドレスは難しいの？』

「ドレスは構成するパーツが多いからね。まずはもっと簡単な服を量産して練習する必要があるかな」

『ふーん。意外といろいろ準備が必要なんだね』

「必要なんだよね。昔、作っていたときも準備が大変だったし」

『昔？』

「そう、昔。私がこの世界に来る前のこと」

リリィは昔、この世界へ来る前の更《さら》に前のことを思い出す。

リリィの前世『笹木百合《ささきゆり》』がもう少し元気で、ゲームをやっていた頃の話だ。

リリィにとってそれは、懐《なつ》かしく楽しかった青春の一ページである。

＊

「さて、今日の注文は『エレガントゴシックワンピ』だよね。最近、この服を注文してくるお客様が多いけど、流行《はや》りなのかなぁ？」

それはまだ、笹木百合が生きていた時代、ゲーム内で『リリィ』だった頃の話である。

ゲーム内で服飾師《ふくしょくし》をしていたリリィは、今日も客からの注文品を作るために作業台と向き合っていた。

この日の注文は『エレガントゴシックワンピ』という、最近実装されたばかりの新衣装《いしょう》。ゲーム内での活動は服飾師としての服作りと、たまに観光地巡《めぐ》りしかしないリリィの知らないことなのだが、この装備アイテムの性能は最近実装されただけあってかなり高めなのだ。

何度もいうが、リリィは既製服《きせいふく》の性能にはあまり興味がない。追加効果を増やしてほしいと頼《たの》まれれば詳《くわ》しく性能を確認《かくにん》するが、そうでもない限りあまり確認しないタイプである。

もうひとつ付け加えると、この『エレガントゴシックワンピ』よりもリリィの作るオリジナル装備の方が性能は高いため、リリィが気にしないというのもある。

リリィは攻略《こうりゃく》に重要な性能について、本当に無頓着《むとんちゃく》だった。

「頼まれれば作るけど、さすがに何件も続けてとなると素材の在庫が足りなくなってくるなぁ。必要な素材の市場価格は……高ッ⁉」

これまたリリィの知らないことであるのだが、新規実装された装備の多くが特定の素材を多く必要としている。

普段からオリジナル装備作製のため、幅広《はばひろ》く素材を集めていたリリィは、どんな素材でもある程度の数を常備していた。

そんなリリィの気付かぬうちに、それらの素材が値上がりしていたのだ。

不特定多数の売買により価格が決まるＶＲＭＭＯタイプのゲームにおいて、需要《じゅよう》と供給によって価格が変わるのは現実と同じだ。

需要を読み切れなかったリリィが悪いのである。

「うーん。足りないのは『ブルードラゴンの翼膜《よくまく》』なんだけど、これが一番値上がりしている。そうなると、これ以上この服の依頼《いらい》は受けるべきじゃないね。ただ、受けてしまったこの一着分は確保しないといけないし……。ええと、『ブルードラゴンの翼膜』を確保していそうな知り合いか。安《やす》軒《けん》さんは竜《りゅう》退治をあまりしないって聞いたし、モクギョさんかな」

リリィはフレンドリストを開き、モクギョがログインしていることを確認してからフレンドトークを行う。

フレンドトークとは、フレンド登録されている相手と一対一で会話できるゲームのシステムだ。これを使えば離れた相手とも会話できる。

相手が取り込《こ》み中なら繋《つな》がらないし、そのときはメッセージを送ることもできる。幸い、このときはフレンドトークが繋がったようだ。

『はーい。どうしたの、リリィちゃーん？』

「こんにちは、モクギョさん。ちょっと相談したいことがありまして」

『なに？　また素材切れ？』

「実は。『ブルードラゴンの翼膜』って在庫がありますか？」

『『ブルードラゴンの翼膜』ね。……ああ、少しならあるわ。これから持っていくから、ちょっと待っててね』

「はい。でも、これからすぐで大丈夫《だいじょうぶ》なんですか？　用事とかあったんじゃ？」

『たいした予定は入ってないからいいのよ。それじゃ、すぐに行くわ』

フレンドトークが切れたあと、数分後にはモクギョがリリィの店にやってきた。

リリィの店はゲーム内移動で使われる転移ポータルの近くにあるため、アクセスはとてもいいのだ。

モクギョはリリィと対面するなり、『ブルードラゴンの翼膜』をリリィに渡す。

代金はいらないので代わりに新しい装備を作ってほしいそうだ。

「この間のアップデートで追加されたエリアがこの装備だときつくてねぇ。リリィちゃんならもっといい装備を作れるでしょ？」

「そうですね……その装備の性能より上のものでしたら、少し時間をもらえればできます」

「さすがリリィちゃん！　それで、どれくらいかかる？」

「ええと、とりあえず今日は依頼されている服を作らなくちゃいけないので……三日後くらいでしょうか」

「相変わらず仕事が早いのね。必要な素材は揃《そろ》ってる？」

「大体は揃ってるので問題ありません。ああ、でも。モクギョさん、『エルダートレントの樹皮』とかって持ってませんか？」

「『エルダートレントの樹皮』？　持ってるけど、服飾師のあなたが使うの？」

「このゲームだと、強力な植物系モンスターの樹皮って装備を作る型紙の強化素材になるんですよ。普通の型紙だとボーナスが付かないんですが、モンスター製の型紙を使うとそれだけでステータスにボーナスが入ります」

「なんというか、本当にゲームねぇ。型紙にするのは大丈夫なの？」

「それはスキルでえいっと」

「じゃあ、任せるわ。『エルダートレントの樹皮』を持ってくるからちょっと待っててね」

モクギョは一度自分のアイテム保管所に帰り、『エルダートレントの樹皮』を持ってきてリリィに渡す。

あとはリリィの仕事である。

「ねえ、リリィちゃん。あなたの仕事を見学していってもいい？」

「構いませんよ、モクギョさん。でも、時間は大丈夫ですか？」

「たまにはのんびり過ごすのもいいかなって。あくせく動き回るばかりが能じゃないのよ」

そんなものか、そういうものだな、とリリィは感じたがあまり気にしないことにした。

誰《だれ》かがいることで気が散ることもないし、自分は自分の仕事に集中するだけなのだ。

そう考えたリリィは、再び作業台と向かい合い、作業台の上に真っ白な紙を広げる。

いわゆる型紙だ。

これの上に、作る装備のパーツなどを描いていくのである。

なにもない紙の上に線を走らせ服のパーツを描いていくわけだが、参考資料となるようなものはなにも置かれていない。

モクギョからはなにも見えないが、リリィには紙の上にうっすらと線が見えている。

いわゆるゲームのシステムアシストである。

リリィはこの線をなぞることで服のパーツを完成させることができるのだ。

最新装備である『エレガントゴシックワンピ』も、リリィは何着か作っているのでわりと慣れてきている。

そんなに時間がかからず一枚目の型紙を描き終えた。

「はー、服飾師の型紙作りって初めて見たけど、そんなことをやっているのねぇ」

「まあ、最初は苦労しました。ゲームシステム的な話をすると、教本を読めばその教本に載《の》っている服のシステムアシストは付くんですけど、ゲーム内でのスキルレベルが低いとシステムアシストの補助線がすごく薄《うす》くて。はじめた頃は、簡単なシャツですら作るのに苦労していましたね」

「なるほどねぇ。……ん？　教本を読むとシステムアシストが付くの？」

「はい。教本に載っている服についてはシステムアシストが付きますね」

「載っていない服は？」

「システムアシストなしですね。あ、『エレガントゴシックワンピ』の教本はもう読んであります」

「いや、そうじゃなく。あなた、結構オリジナル装備の作製で有名よね？」

「そうですね。おかげさまで、それなりに有名になっていると思います」

「オリジナル装備のシステムアシストって？」

「まっすぐ線が引けるとか、曲線がきれいに描けるとかだけですよ？」

「よくそれでオリジナル装備を量産できるわね……」

「慣れですよ、慣れ」

話をしながらも、リリィは二枚目、三枚目と型紙を次々仕上げていく。

ひたすら型紙を描き続けて十二枚、ようやくリリィの手が止まった。

これで型紙は完成したらしい。

「あとは材料を並べてっと」

「材料ねぇ。そういえば、『エレガントゴシックワンピ』は『ブルードラゴンの翼膜』よりも『レインボーシルク』の方が手に入らないって聞いたけど？」

「うちにはたくさんの蜘蛛系テイムモンスターがいますから」

この頃のリリィが飼っていたテイムモンスターは一匹ではない。

蜘蛛系モンスターばかりではあるが、二十匹近い数のモンスターを飼育していた。

戦闘《せんとう》向けのステータスを持っている者はごく一部だが、それ以外は良質な絹になる絹糸を生産してくれる。

もちろん、その中には『レインボーシルク』になる絹糸も含まれているのだ。

上位のオリジナル防具作製には良質な絹を多数使うので、絹の量産体制はほぼ必須《ひっす》である。

自前で量産環境《かんきょう》を構築しているのがリリィの最大の強みだった。

「あとはこれを……えいっ！」

「……おお、ドレスになった」

「これが『エレガントゴシックワンピ』です。個人的にはこの極彩色《ごくさいしき》のスカートが気に入らないんですけど」

「そこは好みの分かれそうなところね。でも、防具としてはそれなりに強力なんでしょう？」

「私がいま着ている服よりも弱いですよ？」

「リリィちゃんお手製の最高級装備に比べれば形無しよねぇ」

モクギョの言うとおりである。

リリィが一から作りあげたリリィの服は、リリィが知らないだけで布と革《かわ》だけを使った装備としてゲーム内最高峰《さいこうほう》の性能を誇《ほこ》っている。

単純な防御力《ぼうぎょりょく》だけではなく、ステータス補正や追加効果まで山盛りで付けられた最高級品だ。

だが、それらの効果が戦闘で発揮されることは少ない。

ほとんどは裁縫をするための補正として使われている。

裁縫も体力勝負なのだ、このゲームでは。

「それで、私の装備ってどうなるの？」

「どうしましょうか？　なにか付けてほしい補正があるなら、可能な範囲でオーダーに応《こた》えますが」

「それじゃあ……」

そのあと、付けてほしい補正や追加効果、スキルまでいろいろな要望が出てきた。

そして、それらをすべてかなえた装備をモクギョに手渡すのは、予定通り三日後のことである。

本当に仕事が早い。

ゲーム内でのリリィはそういう職人だった。

＊

「……とまあ、昔もいろいろやってたんだよね」

『リリィは昔からリリィだったんだね』

「そうなるかな」

かつて前世で行っていたことをタラトに語り、リリィはあの頃の仲間を思い出す。

ゲームのサービス終了《しゅうりょう》とともに付き合いの切れてしまった友人たち。

リリィは闘病《とうびょう》生活を送っていたため、ゲーム外での個人情報は絶対に明かさないようにしていた。家族や病院に迷惑《めいわく》をかけても困るし、変な同情をされてしまっても困る。

そういう意味でリリィはゲーム内だけの淡泊《たんぱく》な付き合いに徹《てっ》し、ゲーム外でのメッセージのやりとりなどはすべて断っていた。

その結果としてゲームのサービス終了とともに誰とも連絡が取れなくなったのだが、それもまた仕方のないことだったとリリィは諦《あきら》めている。

あの頃の自分にできたことは本当に少なかったのだから。

その分、いまは健康な体と旅の相棒を得て幸せを満喫《まんきつ》していた。

『それで、これから行く……』

「ヴァードモイ？」

『そう、その街。そこに行ったら服を作って売るの？』

「そうしたいんだけどねぇ。いまはまだコネも実力もないし、しばらくは様子見かな。お金はスパイダーシルクを売ることで貯《た》まりそうだけど、ぽっと出の新人の服が売れるとは思えないんだよね。まずはスパイダーシルクを売って資金を確保、それから日用品になる布製品を売って知名度を上げていこうと考えてるかな」

『日用品になる布製品？　どんなもの？』

「そうだなぁ。ハンカチとかはありそうなんだけど、それだと価格競争になっちゃうし、特別私が作る理由もないんだよね。そこを考えると丈夫なエプロンとかどうかな？」

『丈夫なエプロン？　エプロンって料理をするときに着ける布だよね。どう丈夫にするの？』

「エンチャントをかけようと思って。汚《よご》れや傷に強くなるエンチャントがかかっていれば、買い換《か》える必要が少なくなるかなって」

『ふーん』

タラトは、エプロンのことを『料理をするとき身に着ける布』程度にしかわかっていない。

リリィも『エンチャントが付与《ふよ》されていれば便利だろう』程度にしか考えていない。

結局のところ、この世界の一般常識をどちらも知らないのだ。

タラトはモンスターであり、人里で暮らすことになったのはリリィと一緒《いっしょ》に過ごすためである。

リリィもこの世界に転生してきて間もなく、自分で物を売った経験がない。

つまり、『エンチャントを付与したものの価値』がわかっていないのである。

リリィは、転生してきたばかりの自分がある程度エンチャントが使えるため、そこまで難しい技術ではないと考えている。

だが、この世界の一般常識にあてはめるとそんなはずもなく、簡単なエンチャントであってもそれなりの価値を生む。

布の価値が高いからこそエンチャントのかかったエプロンも売れる見込みがあるが、布が安く買えるならわざわざ高価なエプロンなど買わない。

そこのところを理解していないふたりであった。

『ところで、僕の作った糸でできた布からは、すぐに服を作らないの？』

「ああ、スパイダーシルク製の服ね。いずれは作りたいんだけど、しばらくは無理かなって」

『そうなの？』

「まあ、資金源として売りたいっていうのもあるんだけど、それ以上にシルクの扱《あつか》いって簡単じゃないと思うんだよね。私が行うのは普通の裁縫じゃなくて魔法裁縫って技術だし、ある程度スキルに慣れないとシルクを使った服は作れないと考えているの。将来的には自分の作った服を自分で着て歩きたいけどね」

『そういえば、布を作るのも結構失敗してたよね』

「結構難しいんだよね。女神様の小屋には木綿《もめん》の糸があったからそれで練習できたけど、絹糸なんてなかったもの。細かい魔力調整が大変なんだよね」

『僕にはよくわからないけど大変なんだね』

「大変なんだよ」

そこで会話を切り上げてリリィは再び型紙作りに戻《もど》る。

今度は先ほどよりも少し複雑なパーツを描いていた。

タラトにはそれがどんな衣服になるのかわからないし、そもそも人の作る服をあまり知らない。

リリィも完成図を描くことなくパーツだけをどんどん描いていくので、完成形はリリィの頭の中にしかないのである。

複雑なパーツをイメージ画も描かずにパーツ分けして描いていくことは非常に難しいはずなのだが、リリィはゲームの中で無数のオリジナル衣装を作ってきた経験があった。

だからこそ、こんな真似《まね》ができるのだ。

普通はやらないと思うのだが。

リリィは変なところで面倒《めんどう》くさがりである。

「そういえば、タラトの出せる糸って一種類だけなの？」

『え？　どうしたの？』

「いや、出せる糸の種類が増えれば布の種類も増えるかと思って」

『布にできそうなのは普段リリィに渡してる一種類だけかな。ほかの糸は巣を作るための丈夫な糸だったり、獲物を捕《と》らえるための粘つく糸だったり、あとは燃えやすい糸だったり』

「え？　燃える糸も作れるの？」

『作れるよ。普通の糸は燃える前に溶《と》けるけど、その糸だけはよく燃えるんだ。あまり使う機会はないけどね。僕は火を使えないから』

「なるほど、燃える糸も作れるんだ」

『そうだね。それがどうかした？』

「新しい戦術に使えるかと思って。私は火の魔法も使えるからね」

『そうか、相手をからめとって燃やしたり、相手の周りを囲んで火の海にしたりできるんだね！』

「いや、そこまでするつもりはないけど……でも、それもできるのか」

リリィが思いついたのは、足元を燃やして動きにくくする程度である。

戦闘はリリィの本分ではないため、やはりそういう方面での発想は肉食獣《にくしょくじゅう》であるタラトの方が一枚も二枚も上手だった。

「だけど、燃える糸か。それを服作りに活《い》かすことはできないかな？」

『……無理じゃない？』

『そうかな？　そうかも』

『さすがに燃えやすい服を好んで着る人がいないことは、僕にだってわかるよ？』

「うーん、結果として燃えやすい服になることはあるんだけどね。さすがに燃える服を着る人はいないか」

『燃えにくい服なら着る人がいそうだけど、燃える服はいないんじゃない？』

「それもそうだよね。この線はなしにしよう」

ある意味、当然である。

起毛素材は確かに引火しやすいものもある。

だが、それは燃えやすくするためではなく、結果的に燃えやすくなっただけで、はじめから燃える服を作ったわけではない。

リリィの発想力は素晴《すば》らしい点もあるが、どこか抜《ぬ》けているところもある。

それをモンスターであるタラトにツッコまれている時点で、アイディアとしてはだめだ。

『それで、今度はなんの型紙を描いているの？』

「これ？　ワンピースドレスに飾《かざ》りを付けたものだよ。これなら一般市民でも、多少のおしゃれ着として買えるんじゃないかなと思って」

『そんな安い値段になるの？』

「うーん、普通のドレスよりははるかに安くなるんだけどね。この世界で一般的に流通しているドレスって社交界で着るようなドレスがほとんどらしくて、ワンピースドレスもあるけど、ものすごく地味だから。値段が安ければそれなりに売れると思うんだけど」

『でも、売ってないんでしょ？　なんで？』

「私たちがいままで通ってきた街ってネイストと宿場町くらいだったから、理由はよくわからないかも。ネイストはあまり大きな街じゃないって商業ギルドのワレンさんも言っていたし、ヴァードモイならあるのかもしれない。型紙だけなら作っておいても損はないし、たまにこういう複雑な型紙も描いておかないと忘れちゃいそうだしね」

『なるほど。リリィが忘れないためにも描いてるんだね』

「そうなるかな。そうだ、タラトにもなにか服を作ってあげようか？」

『僕？　僕はいいかな。結構体を動かすし、邪魔《じやま》になるもの』

「そうかぁ、残念」

『ごめんね、リリィ』

　リリィからすれば、相棒に服をプレゼントしたい一心だったのだろう。

だが、タラトからすれば、服を着るのはデメリットしかない。

タラトはかなり激しく動くこともあり、熱を発散するためにも必要のない衣服をまとう理由がないからだ。

　寒い地方に行くのであれば服を着る理由も出てくるのかもしれないが、まだ寒くなる季節でもないし寒い地方に向かうわけでもない。

それにシルクスパイダー族は寒い地方に棲《す》むことはない。

タラトがこの地域に棲み着いていた時点で、この地方はそれなりに暖かいということになる。

そういう理由でタラトには服が必要ないのである。

『リリィが作りたい服って一般市民向けなの？』

「そうだよ。でも、シルク製となると一般市民には難しい値段になるのかな？　そっちは高級志向でいくしかないのかな」

『僕にはよくわからないけど、布の値段が高いならそうなるんじゃない？』

「必然的にそうなるよね。魔法裁縫だとそれなりに量産できるんだけどな。やっぱり、手間賃を省けるだけで安くするのには限界があるか」

リリィはゲーム内限定ではあるが多少の商売経験がある。

ただ、それも素材の仕入れ値と性能から算出した代金で取り引きしていたため、一般的な取引の経験はない。

ここで重要なのは、『ゲーム内での裁縫』と『魔法裁縫』の類似点である。

どちらも型紙と材料さえあれば切り出したり縫《ぬ》ったりする手間がないため、加工にかかる工賃というものが見極《みきわ》めにくいのだ。

リリィにも加工しにくいものを高くしなくてはいけないことくらいはわかる。

しかし、麻も木綿もシルクも同じ布であり、素材の費用と難易度の差こそあれ加工時間は変わらないのだ。

この点がリリィの感覚をおかしくしている原因でもある。

その素材で加工ができるようになるまでの時間を考慮《こうりょ》すれば、完成した製品の代金も自《おの》ずと変わってくるのだが、リリィにはその観点が抜けている。

リリィはあくまでもゲーム内で取引をやったことがあるだけで、現実で商売をするのは初めてであり、ゲームの時とほぼ同じ感覚でできてしまうことが災《わざわ》いしていた。

「うーん、ほかに魔法裁縫ができる人が見つかれば値段設定とかも参考になるんだけど、それなりに珍しい技術らしいんだよね。大きな街でもほかに使っている人が見つかるかどうか」

このときのリリィはまだ知らないが、魔法裁縫を使える職人のほとんどは貴族に雇《やと》われ、専属の職人になっている。

魔法裁縫という技術がそれだけ価値のあるものであり、希少価値とともに難しい仕事もこなせるということだ。

それもこの世界の職人からすれば一般常識なわけだが、リリィには通用しない。

リリィはリリィの道を突《つ》き進むだけである。

「よし、ここをこう描いてこうすれば……できた！」

『これで完成なの？』

「うん、完成。でも、紙にパーツを描いただけだとわかりにくいよね」

『そうだね。なにを描いてあるかはわかるけど、完成したらどうなるかまでは想像できないや』

「じゃあ、この型紙を切ってつないでみようか？」

『いいの？』

「さすがに今日はもう遅《おそ》いから、明日の宿でね」

『うん！　楽しみにしてる！』

この日の作業はこれで終了した。

翌日、少々天気が荒《あ》れたために目的地の宿へと到着《とうちゃく》するのは遅くなったが、バスは予定した宿までたどり着く。

リリィとタラトは夕食を食べると割り振《ふ》られた部屋へと戻り、昨日描いていた型紙を取り出した。

「それじゃあ、早速《さっそく》始めるね」

『どんな服ができるのかな？』

「それは見てのお楽しみ。はじめるよ」

リリィははさみを取り出して型紙を切り始める。

このはさみも女神の小屋にあったはさみだ。

これは研《と》がなくても錆《さ》びず、切れ味も落ちないはさみであるが、現実での道具の点検をしたことのないリリィにとって便利なものである。

タラトはわくわくしながら切り分けられていく型紙を見守っていた。

次々と分解され、パーツごとに切り分けられた型紙は、リリィの持っているのりで付け合わされる。

その結果、完成したものは寸分違《たが》わず設計され、紙製のフリルを装飾《そうしょく》として付けられたワンピースドレスだった。

身長の低いリリィにはやや大きなサイズであるが、一般的な身長の女性ならば問題なく着こなせるであろう。

イメージの中にだけしかなかった型紙のパーツがぴったり合ったサイズの服になる、それなり以上に熟練の技術が必要なことをリリィは難なくやってのけた。

『これがリリィの作ったドレスか。僕にはよくわからないけど、いろいろとくっついているんだね』

「そうだね。でも、このサイズでこの装飾はやり過ぎたかも。子ども向けサイズの方がよかったかもしれない」

『そうなの？』

「うーん、大人にはちょっと向かないデザインかな。子ども向けならよさそうだけど、それだと着られる期間が限られてくるから売るのは難しいかも」

『そうなんだ。ちゃんとした布で作られているこの服が見られると思ったけど、残念』

「デザインはしたけどお蔵入《くらい》りになったものってたくさんあるからね。そうだ！　これに色を付けてみようか？」

『色を？　どうやって？』

「女神様からもらった万能《ばんのう》染色剤《ざい》があるの。これなら紙でも関係なく思ったままの色が付けられるし、私専用でなくならないからいくらでも試《ため》せるよ」

『いいね！　やってみよう！』

「じゃあ、基本を明るい色……これからの季節だと水色とかいいかな。それから、フリルは白だよね。あとは……」

リリィの手によって紙で作られたドレスに色が塗《ぬ》られていく。

これから暑くなる季節に向け、涼《すず》しげな色使いのワンピースドレスだ。

無論、万能染色剤はこんな使い方をしていいものではない。

本来であれば、一カ所を塗るのに万能染色剤をひとつ消費する。

万能染色剤は一個でも安くて数万ルビスもするのだ。

切り分けたあとに使うと、一パーツごとにひとつ使うため、貴族のお抱《かか》え職人ですら使うのをためらってしまう。

もちろん、一般市民向けの服を作る職人が使うことはないといってもいい。

この点もリリィの一般常識から抜け落ちている点である。

「よし、これで完成！　どう、タラト？」

『うわぁ、きれい！　人の服ってこんなにきれいになるんだね！』

「そうなんだよ！　道具と技術をつぎ込めばこんなことだってできちゃうんだよ！」

『でも、それじゃあ、普通の人はこういう服をあまり着ないんじゃない？　だって、あまり作れない服なんでしょう？』

「う、それは……」

『リリィ、一般向けの服を作るのはあまり向いていないんじゃないかな？』

「そ、そんなことないよ！　素材が限られていても素敵な服は作れるんだから！」

『そうなんだ。じゃあ、それを楽しみにしてるね！』

「任せてよ。それにしても、ヴァードモイってどんな街なんだろうね」

『きっと、人がいっぱいいるんだろうね』

「そうだといいなぁ。やっぱり商売をするなら、お客様は多い方がいいから」

『リリィの服、たくさん売れるといいね』

「うん。さて、そうと決まれば、もっとたくさんの型紙を描いておかなくちゃ！　デザインは多い方がいいしね！」

今日もまた、リリィは机に向かい新しい型紙を作っていく。
タラトはその横で満足げに作業を眺めているのだった。

第四章　銅級商人リリィ

「はい。今日もオーガの角と牙《きば》、十匹《ぴき》分買い取りですね」

緑階級になってから二日間休んだあと、私はせっせとオーガを倒《たお》している。

とはいえ、毎日十匹程度に収めるようにした。

常設依頼《いらい》の討伐《とうばつ》単位が三匹だから、三回分の報酬《ほうしゅう》をもらうためだ。

タラトに与《あた》える魔石《ませき》も確保できてほくほくである。

「それにしても、すごいペースで狩《か》っていますよね。このペースだと青階級に最短でなれますよ」

「青階級なんてなるつもりはないから。私はあくまで商人だよ」

「もったいない。まあ、無理強《むりじ》いもできません。あいつが絡《から》んでくる前にお帰りください」

「うん、そうする」

あいつとは、私が緑階級に上がったときつきまとってきた男のことだ。

あの後も緑階級に上がった数名に声をかけ断られていたみたいなんだけど、今回緑階級に上がれなかった冒険者《ぼうけんしゃ》から余計な情報を仕入れたみたい。

いわく、私がいなければ今回の緑階級試験は死人が何人も出た、と。

これは試験官も認めていたことだから事実なんだろうけど、これを聞いた男のターゲットは私だけに絞《しぼ》られてしまった。

私が毎日オーガ素材を持ち込《こ》んでいることを不思議とも思わず、「ひとりで行くのは危ない」、「熟練の冒険者である俺《おれ》が一緒《いっしょ》に行くべきだ」などとのたまい続ける。

そもそも、オーガを簡単に倒せるなら緑階級でくすぶるはずがないのに。

「やあ、今日も……」

「私、急いでますから」

私に何かを言おうとしていた男を振《ふ》り払《はら》い、私は冒険者ギルドの外に出た。

そして、そのまま『夜闇《よやみ》の獅子《しし》』に戻《もど》る。

私が計算を間違《まちが》えていなければ、今日の魔石でタラトが進化できるんだ。

逸《はや》る気持ちを抑《おさ》えつつ自分の部屋へと戻る。

自分の部屋に戻ったら早速《さっそく》タラトに魔石を与えることにした。

同じ魔石ばかりで飽《あ》きないのか聞いたことはあるけど、魔力が満ちた魔石なら問題ないそうだ。

つまり、ゴブリンのような弱いモンスターの魔石は嫌《いや》らしい。

今日もバリボリと魔石を一気に食べていくタラト。

すべての魔石を食べ終わると体が光り始め、タラトは自分を繭玉《まゆだま》の中に閉じ込めてしまった。

これって何なんだろう？

『タラトが進化を開始しました。進化先を選んでください』

「わっ⁉」

突然《とつぜん》、頭の中に声が響《ひび》いてきた。

それと目の前に半透明《とうめい》なパネルがふたつ。

これがタラトの進化先の候補なのかな。

ひとつ目は『ラージオーガシルクスパイダー』というモンスター。

こっちはいままで以上に大きな体を持ち、強靱《きょうじん》な肉体を得るようだ。

スパイダーシルクはいままで通り手に入る。

あと、各種毒針を生成して飛ばす能力もあるみたい。

ふたつ目は『ラージマナシルクスパイダー』だ。

こちらは体が少し小さくなるが、魔法を覚えるみたい。

また、いままでのスパイダーシルクに加えてマナスパイダーシルクというものも手に入るようになる。

マナスパイダーシルクは魔力を通すことで防御力《ぼうぎょりょく》が上がるシルクのようだ。

これなら『ラージマナシルクスパイダー』に決まりでしょう！

私が『ラージマナシルクスパイダー』を選択《せんたく》すると、繭が輝《かがや》きだし光の玉になる。

そしてその中から、銀色の体毛を持った蜘蛛《くも》が姿を現した。

額には私の紋章《もんしょう》も刻まれているし、間違いなくタラトだ！

「タラト！」

『僕《ぼく》、強くなった！』

「うんうん！　これからもよろしくね！」

これでタラトも強くなったし、私が行ける場所も増えるかも！

いままでより強いモンスターを定期的に狩ることができれば、スパイダーシルクももっと手に入るからね。

そのためには冒険者ギルドで情報を仕入れる必要があるけど……日帰りは難しいかな？

そして、種族が変わったタラトに早速マナスパイダーシルクの元となる糸を出してもらった。

その糸はスパイダーシルクより白い輝きが増した糸で、気品がある。

上手《うま》く布にできるかな？

「【魔法紡織《ぼうしょく》】！」

……どうやら日々魔法紡織でスパイダーシルクを作っていた甲斐《かい》があり、マナスパイダーシルクも作ることができた。

マナスパイダーシルクはスパイダーシルクに比べてほんのり青白い生地《きじ》に仕上がっている。

更《さら》にスパイダーシルクよりもすべすべで、いつまでも触《さわ》っていたくなるようなさわり心地《ごこち》だ。

そんなマナスパイダーシルクは全部で二巻きできた。

オーガの魔石五十個で二巻きだから、スパイダーシルク二巻き半の価値があることになる。

売値もそれに見合った額になればいいんだけど、さすがに難しいよね。

とりあえず、今回できた二巻きを売って様子を見よう。

翌朝、私とタラトは冒険者ギルドが混み合う時間帯を避《さ》け、二階にあるテイマーギルドを訪《おとず》れた。

目的はラージマナシルクスパイダーの情報を手に入れるためだ。

手に入れるためだったのだが……情報らしい情報はなかった。

「うーん、はっきり言ってラージシルクスパイダーのテイム例もなかったのに、その上位種である

ラージマナシルクスパイダーのテイム例なんてないんですよね」

「ああ、なるほど」

「マナシルクスパイダー自体は北方の山岳《さんがく》地帯に巣を作って生息していますが、参考にはならないでしょう」

「まあ、ここにいますしね」

「あと、マナシルクスパイダーは魔法にかなり強い耐性《たいせい》を持ちます。力もシルクスパイダー以上なのに魔法も効かないとなると、そのシルクも相応の値段がしますね」

「なんとなく想像がつきました」

「普通《ふつう》ならオークションでしょうが、安定供給の目処《めど》が立っているならそういうわけにもいかないでしょうし、商業ギルドと相談してください」

「はい、そうしますね」

「あと、商業ギルドの階級を上げて信頼《しんらい》できる護衛を雇《やと》うことをお勧《すす》めします」

「護衛、ですか?」

「スパイダーシルクだけでも目立っていたのに、マナスパイダーシルクなんて持ち込むようになればあなたを誘拐《ゆうかい》しようという組織はいくらでも出てくるでしょう。正直、ラージマナシルクスパイダーに勝てるとは思えませんが、目に見える威圧《いあつ》というのも必要です。青階級の商人になれば商業ギルドでもいろいろ融通《ゆうずう》が利《き》きますし、あちらで相談してみてください」

「わかりました。アドバイスありがとうございます」

「いえ、将来有望なギルド員のためですから」

私はタラトについての相談を終えたあと、毎度のごとく私に絡んでこようとする男を無視して商業ギルドへと駆《か》け込んだ。

商業ギルドに着いたらすぐにヴィンチさんへの面会を求める。

最近はシルクスパイダーの取引でもほかの担当者が行っていたのだが、私が走って商業ギルドに飛び込んでくるなりサブギルドマスターを指名したものだから職員も慌《あわ》てて予定を確認《かくにん》しに行った。

商業ギルドにとって私はシルクスパイダーを定期的に取り引きする上客だからね。

今日はその立場を利用させてもらった。

少しすると、普段私がスパイダーシルクを取り引きするときに担当しているギルド員の人がやってきて、ヴィンチさんとの面会ができると教えてくれた。

さて、マナスパイダーシルクはどれくらいの値段で売れるだろう？

「ようこそ、リリィさん。本日はどういったご用件でしょう？」

応接室で待っていたヴィンチさんは入ってきた私に用件を確認してきた。

そうだよね、サブギルドマスターをいきなり呼びつけるんだもの、普通じゃない。

でも、私の用事だって普通じゃない。

「お忙《いそが》しいところ済みません。この布を見てもらえますか？」

私はリュックからマナスパイダーシルクを取り出してテーブルの上に広げる。

それを見てヴィンチさんは姿勢を正し、テーブルの上から布を持ち上げ真剣《しんけん》に品定めをした。

そして、恐《おそ》る恐るという様子で私に確認してくる。

「リリィさん、これはマナスパイダーシルクですか？」

「はい、マナスパイダーシルクです」

「これがマナスパイダーシルク。生地は初めて見ました。スカーフとして加工されたものでしたら見たことがありますが……」

「そうでしたか。それで、今日の用件はこれを買い取ってもらいたいのですが、いくらくらいになるでしょう?」

「これを……申し訳ありません、私の一存では決められません。ギルドマスターを連れてまいりますので少々お待ちください」

ヴィンチさんはギルドマスターを呼びに行くと言って出ていった。

そっか、ヴィンチさんでも決められない布なんだ。

これは量産しない方がいい布なのかなぁ……。

私が紅茶を飲みながら待っているとドアがノックされ、ヴィンチさんとひとりの女性が入ってきた。

女性はエルフ族、金髪《きんぱつ》にエメラルドグリーンの瞳《ひとみ》と典型的なエルフの特徴《とくちょう》を持っていた。

「お待たせいたしました。私がヴァードモイ商業ギルド、ギルドマスターのプリシラと申します」

「初めまして。緑商人のリリィです」

「黒髪《くろかみ》にアメジストの瞳のエルフとは珍《めずら》しい。いえ、それは商談と関係ありませんでしたね。早速ですがマナスパイダーシルクを拝見させていただいてもよろしいですか?」

「はい、よろしくお願いします」

プリシラさんはヴィンチさんと一緒に私の対面に座りマナスパイダーシルクを確認し始めた。

それを様々な角度から確認し、プリシラさんは告げてくる。

「これは大変よい品物ですね。ちなみに、これ一巻きでしょうか？」

「いえ、もう一巻きあります」

「全部で二巻き……申し訳ありませんが、この一巻き目を三十万ルビスで買い上げるので耐久試験をしても構いませんか？」

「は？　耐久試験？」

「マナスパイダーシルクはその丈夫《じょうぶ》さでも価値が変わります。よろしいでしょうか？」

「私は構いません。でも三十万を耐久試験に費《つい》やして大丈夫ですか？」

「ご心配なく。それでは！」

プリシラさんの手から炎《ほのお》が巻き起こりマナスパイダーシルクを包み込んだ。

だけど、マナスパイダーシルクは多少焦《こ》げた臭《にお》いがするだけで健在だ。

かなりの火力だったはずなのに燃えないなんてすごい。

「ふむ、対魔力は素晴《すば》らしいですね。次は対物理です」

次にプリシラさんが取り出したのは青みがかった銀色の剣。

それを使ってマナスパイダーシルクを切り裂《さ》こうとする。

一振り目ではマナスパイダーシルクに傷をつけるだけで終わり、三振り目でようやく切り裂くことができた。

「魔力を流していない状態で三回ですか。こちらも素晴らしい。三十年前に仕入れたマナスパイダーシルクは魔力を通しても二回で切れました」

「そうなんですね。魔力を通した試験はしないんですか？」

「魔力を通さない状態で三回なら魔力を通せば十回以上耐《た》えるでしょう。布の質としては高品質ですよ。そうなってくると買い取り値段の話になってきますが……もう一巻きを四十万ルビス、次以降は三十五万ルビスでいかがでしょう？」

ひぇっ⁉

一気に七十万ルビスも所持金が増えた！

マナスパイダーシルクってすっごく高価な布だったよ！

今回の商談は七十万ルビスで話がまとまった。

だけどプリシラさんとしてはまだ話の続きがあるらしい。

一体なんだろう。

「リリィさん。あなたは緑階級の商人でしたよね？　階級を上げてはもらえませんか？」

「階級を上げる？　どうしてでしょう？」

「まずは取り引きしている品物の信頼度を上げるためです。スパイダーシルクでも緑商人が扱《あつか》うには不相応だったのに、マナスパイダーシルクを取り扱おうとすると品物自体を怪《あや》しまれます」

なるほど、そういうことか。

確かに、緑商人が一巻き三十五万もする品物を何回も取り引きしていたら怪しいよね。

なんとなくわかった。

「次にリリィさん自身の警護のためです」

「私の警護？」

「はい。青階級商人までは護衛を雇おうとする際、自分で冒険者ギルドなどから護衛を見つけてくる必要があります。ですが、銅階級以上の商人には商業ギルドから護衛を推薦《すいせん》することができます。もちろん、護衛費用は支払っていただきますが」

ふむ、護衛も紹介《しょうかい》してもらえるのか。

テイマーギルドでも護衛を雇うことを勧められたが、私には必要ない……と、言いたいところなんだけど、正直そろそろ不安になってきた。

商業ギルドの口座には数百万のお金が入っているし、手持ちの現金だって数十万を持ち歩いている。

普通、何十万もする取引は商業ギルドの口座経由の取引なんだけど、場合によってはそれができないこともあるらしいんだよね。

そういう場合に備えて手持ちの現金を増やしているんだ。

お財布《さいふ》……というか巾着袋《きんちゃくぶくろ》にはほとんど入れていないけれど、リュックの中には大金が入っている。

護衛を雇う、それも長期にわたる専属護衛を雇うことも考えなくちゃいけない時期か。

よし、銅階級商人になろう。

「わかりました。銅階級へのランクアップ手続きをお願いします」

「受けてくださりありがとうございます。リリィさんは現在緑階級ですので銅階級に上がるには青階級の費用十万ルビスと銅階級の費用五十万ルビスが必要なのですが、五十万ルビスだけにしておきますね」

「いいんですか?」

「ええ。その代わり、今後も商業ギルドをごひいきにしてくださいませ」

「はい!」

ヴィンチさんに私のランクアップ処理をお願いしている間、私はプリシラさんと話をしていた。

プリシラさんの方でも私は注目の商人だったようで、人を使い情報を集めていたようだ。

私の情報は結構バレバレでほとんどの情報が有力な商人に知られているらしい。

スパイダーシルクの段階ではまだ商業ギルドを敵に回してまで取り込もうとする動きはなかったようだが、マナスパイダーシルクとなると話が変わってくるようだ。

マナスパイダーシルクはほとんど取引がなく、数年に一巻き市場に出回ればいい方らしい。

そのため、どんな商人でも手に入れたい垂涎《すいぜん》の品。

マナスパイダーシルクがそこまで出回らない理由は、マナスパイダーシルクを産出している北部の貴族が素材を独占《どくせん》しているとかそもそも素材が集まらないとかいろいろ噂《うわさ》があるらしい。

でも、どれも噂の域を出るものはないらしく、マナスパイダーシルクは希少品とだけ位置づけされているようだ。

そこにマナスパイダーシルクをホイホイ生産できる私が現れたらさらってでもマナスパイダーシルクの大量生産をさせる商人が現れるだろうと読んでいるみたい。

そのため、商業ギルドから堂々と護衛を斡旋《あっせん》できる銅級商人になってほしかったのだとか。

うーん、私ってそこまで追い詰《つ》められていたのか。

直接戦闘《せんとう》なら負ける気はしないけど、搦《から》め手を使われるとわからない。

注意するに越《こ》したことはないだろう。

しばらくしてヴィンチさんがランクアップの準備を整えて戻ってきた。

なので、私はヴィンチさんに身分証を渡《わた》し銅級商人までランクアップしてもらう。

ランクアップが終わったら今日の用件は終了《しゅうりょう》。

プリシラさんからは寄り道をせずにまっすぐ帰るように言われた。

私は子どもか。

護衛は商業ギルドの方で探してくれるそうなので一週間ほど待ってほしいようだ。

その間は宿から出ずにいた方がいいらしい。

本当はオーガの魔石を集めに行きたかったけど仕方がない。

宿で大人しくしていよう。

そして銅級商人になってから一週間後、私の護衛を務めるパーティについて目処が立ったと商業ギルドから連絡《れんらく》があった。

詳《くわ》しい話は商業ギルドに着いてから聞かせてもらえるらしい。

準備ができ次第《しだい》来てほしいということなので、朝食を食べ終えたらすぐに商業ギルドへ向かった。

商業ギルドへ着くとすぐに応接間へ通され、プリシラさんがやってくる。

あと、初めて見る女性職員がひとり一緒に来た。

彼女《かのじょ》は誰《だれ》だろう？

「おはよう、リリィさん。護衛の話をする前に彼女のことを紹介するわ。彼女はアリゼ、見ての通り猫獣人《ねこじゅうじん》族よ」

「初めまして、リリィ様。私はアリゼと申します。本日よりリリィ様の専属担当を務めることになります」

「専属担当？」

「わかりやすく言うと、上位の商人に個別で担当する職員のことよ。専属担当がいる商人はあまり多くないのだけど、リリィさんは秘密が多いから専属担当がいるべきだと思って割り当てたわ。彼女、こう見えて銅階級のモンスターを数匹倒すことができる凄腕《すごうで》よ。ちなみに諜報《ちょうほう》などもできるわ」

「そんなすごい人を私の専属にしてもいいんですか？」

「あなたは脇《わき》が甘《あま》いからいいのよ。商業ギルド以外に伝手《つて》が必要になったときは彼女に相談しなさい。大体は大丈夫だから。さすがにマナスパイダーシルクみたいな高額で希少な商品になると困るけど」

「わかりました。アリゼさん、これからよろしくお願いします」

「はい、よろしくお願いします。では早速ですが護衛の選考をお願いします」

「護衛の選考ですか？　商業ギルドが決めてくれているのではなく？」

「商業ギルドとしては候補の選出までとしています。こればかりは個人との相性《あいしょう》もありますので……」

ああ、なるほど。

護衛としてやっていくにはお互《たが》いの相性とか信頼関係とかも重要だからね。

商業ギルドとしては背後関係のない人選までは責任を持てるけど、それ以上は責任を取れないからか。

よくわかった。

「わかりました。どうすればいいですか？」

「候補の冒険者たちには既《すで》に集まってもらっています。リリィ様にはそれぞれのパーティと面談して一番いいと思ったパーティを選んでください」

「了解です。ちなみに条件面はどうなるのでしょう？」

「護衛は一カ月単位での契約《けいやく》になります。ひとりあたり一日五千ルビスを条件に集めました。ちなみに、一日五千ルビスは赤階級冒険者に払う護衛金額としてはそれなりに高い金額です」

「あれ、そうなんですか？　もっと高い気がしていました」

「……リリィ様の稼《かせ》ぎを基準にしないでください。ひとりで一日にオーガを何匹も討伐したり、数日おきにスパイダーシルクを納品したりなど普通の冒険者にはできません。オーガの角と牙の買い取り価格はあわせて八百ルビスだったはずです。赤階級ならもっと上のモンスターを狙《ねら》うこともできますが、毎日五千ルビスを稼ぐのは大変なんですよ？」

うーん、私の金銭感覚が麻痺《まひ》していると遠回しに言われてしまった。

私の宿が一日八百五十ルビスだから気にしてなかったけど、高級宿だったよね。

あれ、じゃあ普通の冒険者って毎日何ルビスくらい稼いでいるんだろう？

気になってアリゼさんに聞いたら白階級で四百ルビス、黒階級で六百ルビス、緑階級で千ルビス、青階級で千五百ルビスが平均だって言われた。

私って最初から高級宿に泊《と》まっていたんだ。

どうりでこの街に着いて宿を聞いたとき千ルビスを予算にしたら驚《おどろ》かれたわけだよ。

この辺の金銭感覚も覚えていこう。

でも、そう考えると布ってやっぱり高いなぁ。

麻《あさ》で八千ルビス、綿で一万ルビス、デニムで一万五千ルビスするもの。

串焼《くしや》き屋のおじちゃんとかデニムのエプロンを二枚買ってくれたけど大丈夫だったんだろうか？

結構稼いでいるって言っていたから大丈夫だと信じたいけど、私だってぼったくっているわけじゃないからね。

でも、新品の服は露店《ろてん》で売るようなものじゃないと言われた。

私のものだってわかる魔法印も後回しになってしまっていたから、早く作らなくちゃだめだね。

やることはいっぱいだ。

アリゼさんとの打ち合わせが終わったあと、私たちは護衛候補の冒険者たちと面談を行った。

どの冒険者たちも赤階級というだけあってしっかりしている。

つまり、ほとんどの人が私よりも一回り年上なのはどうしようもない。

冒険者登録ができるようになるのが十五歳《さい》、緑階級から青階級になるには最低一年以上の経験を積まなければいけないので青階級の最低年齢《ねんれい》が十六歳。

赤階級になるには経験年数も含《ふく》めて様々な要素があるから二十歳《はたち》前半で赤階級になれる冒険者はごくわずかだそうだ。

そして、そのような冒険者は大抵《たいてい》自分の力を過信して失敗する傾向《けいこう》があるとも。

理由は簡単、自分の力を過信して力量以上の相手に挑《いど》み帰らぬ人となることが多いのだ。

うん、経験って大事。

「アリゼさん、どのパーティがいいと思いますか？」

「そうですね。リリィ様は護衛になにを求めるのでしょう？」

「うーん。短い付き合いなら気にしませんが、長く付き合うとしたらお互い尊重しあえる関係ですかね。一方的な関係では長続きしないと思います」

「なるほど。それでは一組目の『鮮烈《せんれつ》の牙』は除外した方がいいでしょう」

「なぜです？」

「リリィ様を年下だと思い甘く見ていました。短期ならともかく長期では関係がこじれるでしょう」

「どうしてわかったんですか？」

「目元と口調でわかります」

うわ、アリゼさんって本当に有能。

敵に回したくないタイプだ。

ほかにも私の希望を挙げていくことでどんどんふるいにかけられていく。

最終的に残ったのは二パーティだった。

だけど、この二パーティには大きな差が無くアリゼさんでも決めかねるらしい。

なので、最後は私が決めるようにと言われた。

「うーん。経験年数的には『水鳥の剣』、若さ的には『山猫《やまねこ》の爪《つめ》』ですかね」

「そうなりますね。『水鳥の剣』は全員二十七歳で同じ村出身、前衛ふたりに魔法使いがひとり、魔法使いの使える魔法は高位魔法。『山猫の爪』は元々ひとつのパーティにふたりが合流してできた女性のみのパーティで二十四歳ひとりに二十三歳がふたり、二十二歳がひとり、前衛ふたりと弓使いひとり、魔法使いひとり、魔法使いの使える魔法は中位魔法まで。ただ、冒険者的には伸《の》び盛《ざか》りといったところでしょうか」

「そうなんですか？　もっと若い方が伸びるんだと思ってました」

「冒険者の経験年数的に七年目から八年目になるのが二十三歳付近です。冒険者の死亡率が高いのが五年目まで、六年目以降はぐんと下がります。金銭的にも余裕《よゆう》が出てくる頃《ころ》なのでより良い装備や訓練、魔術書などにお金を使える時期となります」

「なるほど……」

あれ？

そうなると、私が持ってる女神様《めがみ》の本を基《もと》に鍛《きた》えてあげればもっと上達するのでは？

女神様の本は私にしか読めないけど、その内容を教えることはできる。

そうすればもっと効率的に魔石集めもできるし、彼女たちにも有益だ。

なにより女性だけっていうのは私にとってもありがたい。

うん、『山猫の爪』にしよう。

その最終決定を伝えたらアリゼさんも納得《なっとく》してくれた。

やはり私が女性なので女性だけのパーティの方が気が休まるだろうと考えてくれていたようだ。

難点を挙げるとすれば『水鳥の剣』の方がいまのところ強いということだったが、そちらは経験を積むことでなんとかできるとわかれば問題ないだろう。

アリゼさんにはこの決定を伝えに行ってもらい、私は彼女たちになにを教えればいいか考える。

うーん、魔法は教えられるけど武術は無理だなぁ……。

女神様の本には各種武術も載《の》ってるけど、私じゃないと読めない。

かといって、私が女神様の本を訳して渡すのも違う気がする。

魔法使い以外の三人にはそれぞれで頑張《がんば》ってもらうしかないか。

よし、これから彼女たちと仲良くなれるように頑張ろう！

私って前世でも友達《ともだち》がほぼいなかったから……。

私の元に連れられてやってきた『山猫の爪』のメンバー四人。

リーダーの名前がケウコ、前衛で両手剣使い、もうひとりの前衛がウヒナで片手剣と盾《たて》使い、弓使いがアクミ、魔法使いがトモアで最年少の二十二歳。

アリゼさんから契約の内容は既に聞いているらしく、私の護衛とモンスター退治のお手伝いをしてもらうことになっている。

ただ、私には秘密が多いということで誓約紙《せいやくし》を使うことになった。

「アリゼさん、誓約紙ってなんですか？」

「取り決めを破った場合、ペナルティが科せられる魔道具です。今回は『山猫の爪』がリリィ様の秘密を他人に教えないことを誓約とします。誓約のレベルは四。死にはしませんが激しい苦痛で意識を失うレベルですね」

うわ、とっても恐ろしいものだった。

誓約紙に全員の名前を書き、アリゼさんが術式を発動することで契約は完了、空気はかなりゆるくなった。

「はあ、銅階級の護衛一日五千ルビスだと思っていたら、誓約紙まで使うなんて。よほど商業ギルドはリリィ様を守りたいみたいですね」

「もちろんです。商業ギルドとしてはこれでも足りないくらいですから」

「なるほど。改めて自己紹介させていただきます。私はケウコ、二十四歳、両手剣使いです。赤階級に上がってから四年経《た》っています」

「私はウヒナ。武器は片手剣と盾。このパーティでは最前線の壁役《タンカー》、ケウコとは古い仲」

「アクミだよ。弓使いでサブ武器に刺突剣《しとつけん》も持ってまーす。ケウコたちとは二年間の付き合いで、それより前は別パーティでやってましたー」

「トモアと申します。基本的に魔法での攻撃《こうげき》がメイン、小さな盾も使います。魔力量はそれなりに多めと自負しております。このパーティに加わったのはアクミと同時期、それまではソロでやっていました。赤階級になってからまだ一年しか経っていませんが何卒《なにとぞ》よろしくお願いします」

ふむふむ。

赤階級の年季でいくとケウコさんが四年で一番長いんだ。

自己紹介では省かれたけどウヒナさんとアクミさんは三年、トモアさんが一年と。

これから伸び盛りってパーティだったんだね。

大当たりを引いたかも。

「それではリリィ様、雇用《こよう》にあたり私たちがするべきことを教えてください」

「はい。まず皆《みな》さんには私の宿に移っていただきたいです。ちょっとお高めの宿ですが、宿代は……」

「リリィ様、宿代も護衛費用の範囲《はんい》内です」

アリゼさんから釘《くぎ》を刺《さ》されてしまった。

そうなると一日約四千ルビスの稼ぎになるけどいいのかな。

「……宿代は一日あたり二食付きで八百五十ルビスです。二週間の連泊《れんぱく》予約で一日あたり八百ルビスになるのでそれを利用してください」

「一日八百五十ルビス……かなりお高めの宿ですね」

「テイマー用の宿で安全がしっかりしたところを選びました。申し訳ありませんがよろしくお願いします」

「いえ、異論はありません。ほかに求めることはなんでしょう？」

「私は商業ギルドにスパイダーシルクを納めています。スパイダーシルクを納めるにはモンスターの魔石を従魔のタラトに与える必要があって魔石を求めています。そのお手伝いもお願いします」

「ああ、それで白階級の頃からオーガ狩り」

「普通は命がいくつあっても足りないもんね……」

うぐ、やっぱり私は命知らずで通ってたんだ。

でも、ちょうどいい狩り場がそこだったんだから仕方がないじゃない。

「皆さんが合流したことでオーガの狩り場が使えなくなる可能性もあります。なので、それ以外のちょうどいい狩り場の選定もお願いします」

「条件はどのようにいたしましょう」

「まず魔石の質がオーガとほぼ同格かそれ以上であること。できればなんらかの素材を持ち帰れること。可能ならば日帰り、それが無理でも一泊二日くらいの距離《きょり》であることです」

私の挙げた条件を受け、ケウコさんは考え込んでしまった。

戦力は増えてもちょうどいい狩り場というのは難しいのだろう。

さて、どんなモンスターを提案してくれるかな？

「申し訳ありません。モンスターの件については一時保留としてください。冒険者の秘密の狩り場もありますので……」

「ああ、商業ギルドの私がいると都合が悪いと」

「申し訳ありませんがその通りです」

「わかりました。私がいないときにリリィ様とご相談ください」

ふむ、秘密の狩り場か。

どんな場所なのか興味が湧《わ》いてきた。

私の条件に合致《がっち》していると助かるな。

条件面の話し合いも終わり、丁度お昼頃になったため全員で食事会をしようと決めた。

今回の費用は私持ち。

私も高いお店とか行ったことがないから気になっているんだ。

アリゼさんがお薦《すす》めのお店を紹介してくれるというので、アリゼさんも一緒に食事に誘《さそ》った。

アリゼさんは業務があるからと固辞したけど、私とは長くやっていくことになりそうだからということで一緒に来てもらう。

アリゼさんにお薦めされて連れてこられたレストランは、街の一等地に建つ趣《おもむき》のあるレストランだった。

お金、足りるかな？

アリゼさんは私の口座の金額を把握《はあく》しているだろうし、大丈夫だと信じて中に入る。

そこではフロントの人が待ち構えていてアリゼさんとなにか話をしていた。

そして、フロント係は私のところにやってくる。

「お客様、申し訳ありませんが身分証を拝見してもよろしいでしょうか？」

「はい。これでいいですか？」

「……確かに銅級商人。疑ってしまい申し訳ありません。当店では銅級商人以上の方が商談などで使う個室スペースがございます。今回はその利用を申請《しんせい》されましたので……」

「ああ、私は銅級商人に見えませんよね。職務に忠実な方は好ましいです。気にしませんのであなたもお気になさらず」

「ありがとうございます。ご案内いたしますのでこちらにどうぞ」

フロント係に案内され、本当に個室へとやってきた。

この部屋では防音の魔道具が設置してあり、扉《とびら》が閉められていると中の音は聞こえなくなるらしい。

そのため、商談などでよく使われるそうだ。

そこまで堅苦《かたくる》しい部屋でなくてもよかったんだけどな。

フロント係が去っていき、全員が席に座《すわ》るとアリゼさん以外が安堵《あんど》の溜息《ためいき》を漏《も》らしてしまう。

なんでこんな高そうな部屋を選んだんだろう？

「皆様、今日この部屋を選んだのは皆様の食事マナーを確認するためです」

「食事マナー？」

「銅級商人ともなれば貴族相手の取引もあります。その時、食事のマナーがなっていないようでは低く見られます。そこを確認するため今日はこの部屋を用意しました」

「マナーか……いままで習ったことがないですね」

「ですのでいま学びましょう」

アリゼさんによると、並べられたカトラリーは外側から使っていく、食器などでなるべく音を立てない、パンは自由に食べてよい、などがあるみたい。

これは一般《いっぱん》的な王都式のマナーでこの国全体がこの方法を使っているようだ。

でも、国外だとまた違うマナーがあるらしく、場合によって使い分ける必要もあるのだとか。

頭がこんがらがりそう。

食事を終えてアリゼさんが出した結論は、私とトモアさんが合格、アクミさんがもう少し、ケウコさんとウヒナさんは不合格ということだった。

とりあえず私がカトラリーセットを買い練習させ、この店で実習させるのがよいそうだ。

マナー講義も含めた食事が終われば懇親会《こんしんかい》。

ケウコさんとウヒナさんは同じ街で同じ時期に冒険者活動を始めた仲間。

最初はそれぞれソロでやっていたが、ゴブリンの群れに殺されそうになったため、ほかに男性ふたりも加えて『山猫の爪』の原形を作ったそうだ。

だが、青階級に上がったあたりから男性陣《じん》がふたりのことを性的な目で見るようになり、居心地が悪くなったためパーティを解消、活動拠点《きょてん》も変えて『山猫の爪』を作ったみたい。

アクミさんは『山猫の爪』を結成してから一年後くらいに加わったメンバー。

魔法をまったく使えず、近接攻撃しかできないため消耗《しょうもう》が激しかったふたりが遠距離攻撃のできるメンバーを募集《ぼしゅう》していたところに合流したらしい。

アクミさんは普通の魔法は使えないけど、矢に魔力をまとわせることで威力を上げることができるそうだ。

アクミさんの加入で『山猫の爪』は活動範囲が広がったのだとか。

トモアさんは耳と尻尾《しっぽ》を帽子《ぼうし》とローブの中に隠《かく》しているが狐獣《きつね》人らしい。

狐獣人は魔力が高い反面、筋力が弱いそうだ。

獣人種はほとんどの種族が筋力は高く魔力が低いため、普段は隠しているらしい。

あと、中位魔法までしか使えないのも地味にコンプレックスなんだとか。

初級魔法ではオークも倒せないため低位魔法や中位魔法を覚えてきたが、高位魔法を覚えることができず、困っていたところを魔法使いの募集をしていたケウコさんに拾われたようだ。

この四人の体制になってから『山猫の爪』は護衛依頼を受けるようになった。

正確には受けることができるようになったというべきだという。

それまでは偏《かたよ》りが激しいパーティだったため護衛依頼は断られ続けていたそうだ。

今回が初めての長期契約ということでやる気は十分あるとのこと。

頑張ってほしいね。

そして食事会も終わりこのあとの予定を詰める。

『山猫の爪』のみんなには私の宿に移ってもらうとして明日以降の予定も決めなくてはいけない。

まあ、魔石狩りなんだけど。

「アリゼさん。スパイダーシルクってどちらを優先して納品すればいいですか？」

「そうですね。商品見本として五巻きほどマナスパイダーシルクを優先して納品してください。そのあとはスパイダーシルクでお願いします」

「マナスパイダーシルクの希少性をすぐに落とさないためですね」

「リリィ様は話が早くて助かります」

高く引き取ってもらうから当然だよね。

そうなると魔石もたくさん集めなくちゃいけない。

マナスパイダーシルクを一巻き作るにはオーガの魔石換算《かんさん》で二十五個分の魔石が必要。

それだけの魔石をどれだけの期間で集められるかが勝負だ。

護衛費用もあるし今後はいままで以上にたくさん稼がなくちゃね。

さて、その護衛の『山猫の爪』から相談を受けたんだけど、いい鍛冶屋《かじや》などを紹介してほしいとのことだった。

いま利用している鍛冶屋も腕はそんなに悪くないんだけど、装備の品質に比べて価格が高い気がするそうなのだ。

私の商業ギルド専属担当がいるいまなら、いい店を紹介してもらえるかもしれないと踏《ふ》んだみたい。

私としても護衛の装備がよくなるのは賛成だからいいお店を紹介してほしい。

「鍛冶屋ですか……最近工房《こうぼう》を開いたばかりの店になりますが、『溶鉄《ようてつ》の輝き』などお薦めですね。ドワーフの国から渡ってきた鍛冶師が修行《しゅぎょう》も兼《か》ねて開いた店ですが、品質はかなりよいものができています。いまはまだ名も知られていないため特注しても素材さえあればすぐに作っていただけるでしょう。商業ギルドに戻って地図と紹介状を用意いたします」

ドワーフの鍛冶師！

やっぱりこの世界でもドワーフって鍛冶師として有名なんだ。

ファンタジーの定番だよね。

アリゼさんに紹介状を用意してもらい『溶鉄の輝き』を目指す。

お店の場所は中央通りからかなり外れた場所にあった。

こんな場所だとあまり人は来ないいんじゃないかな？

店先には数打ちの剣なども並べてあり、いかにも鍛冶屋って感じ。

さて、『山猫の爪』のみんなのお眼鏡に適《かな》う武器はあるかな？

「いらっしゃいませ。武器をお求めですか？」

出迎《でむか》えてくれたのは金色の髪をしたエルフの女性。

ドワーフの鍛冶師がいるって聞いたけど違うのかな？

「すまない。この店はドワーフの鍛冶師が経営していると聞いたのだが」

「ああ。私とテイサがふたりで経営しているの。テイサがドワーフで鍛冶担当、私が木工と彫金《ちょうきん》担当。あ、私はハノンね。よろしく」

「私はケウコだ。商品を見せてもらっても？」

「構わないわよ。ちなみに、冒険者階級は？」

「全員赤階級だ」

「それなら物足りなく感じるかも。私もテイサも緑から青向けに作っているから」

「それでも構わないさ。中を見させてもらうよ」

「どうぞどうぞ」

ハノンさんの許可を得て『山猫の爪』のみんなは店内を物色して回る。

私も中を見て回るけど、私から見ても結構いい感じの武器だと思うな。

値段的にも緑階級から青階級向けというだけあり、五千から一万ルビス程度で収まっている。

素材は……全部鋼《はがね》かな。

この世界には炭素鋼が普通にあるし、それを使った武器も多く売られている。

それらの武器を確認し、ケウコさんはハノンさんに話しかけた。

「いい武器だな。気に入ったよ」

「ありがとう。でも、あなた方が扱うには物足りないでしょ？」

「正直に言えばその通りだな。鍛冶師のテイサ殿《どの》に会わせてもらえるか？」

「いいわよ。奥《おく》にきて」

私たちは店の奥に案内される。

店の奥は木工や彫金ができる部屋と鍛冶ができる部屋のふたつに分かれているようだ。

その鍛冶用の部屋にひとりのドワーフ……の少女がいた。

「テイサ、お客様よ」

「あたしにお客？　奇特《きとく》な人もいたものだね」

どうやらこの女の子がテイサさんらしい。

確かにドワーフとは聞いたけど、女の子とは聞いていなかったなぁ。

テイサさんの作業が丁度いいところで区切りをつけてもらい話に加わってもらう。

テイサさんは十四歳のドワーフで国では神童と呼ばれていたそうだ。

でも、女性だったことが災《わざわ》いし軽視されたために国を出てヴァードモイへと渡ってきたらしい。

ハノンさんとはその時知り合い、一緒に店を出すことに決めたそうだ。

ちなみにテイサさんは緑商人、ハノンさんが青商人。

店を構えるには青商人以上であることが必要なため、店のオーナーはハノンさんだ。

「うーん、あたしの商品を気に入ってくれたのは嬉《うれ》しいけど、これ以上の商品は作れないなぁ」

「それはなぜだ？　純粋《じゅんすい》な腕の問題か？　それとも素材か？」

「素材だよ。あたしは緑商人だから信用度は低い。だから、高価な素材を売ってもらえないんだ。鉄だってハノンに手伝ってもらって集めている状態なんだよ」

うーん、緑商人ってそんなにきつかったのか。

私はお気楽に素材を売って布を仕入れて商品を売っていたけど、店を構えるには辛《つら》いのかも。

でも、腕に自信があるなら素材を仕入れればいいんだよね？

「あの、私が代わりに素材を仕入れて彼女たちに武器を作ってもらうことはできますか？」

「あんたが？」

「あ、申し遅《おく》れました。私は銅商人のリリィといいます。私なら望む素材を仕入れることができると思いますが」

「銅商人？　あんたが？」

「本当だぞ。リリィ様は私たちの雇い主だ」

「そうなのか。エルフだし実は相当な歳《とし》だったりするのか？」

「私は十六ですよ。それより、素材さえあればなんとかなりますか？」

「そうだね、素材さえあれば望む武器次第だけどなんとかなる。ただ、この付近で出回っている素材とは限らないよ」

「そこは商業ギルドと相談してみます。なにを用意すればいいでしょう？」

私の問いかけに対し、テイサさんは「まず要望を聞いてからだ」と言った。

確かに要望が出ないと素材もわからないか。

まずケウコさんの剣だけど、重くて打撃力のある長めで肉厚の両手剣がいいそうだ。

それに対する素材としてテイサさんが第一候補に挙げたのは幻想《げんそう》金属の定番アダマンタイトだったけど、テイサさんの腕では扱いきれないらしい。

そもそもテイサさんの店にある設備ではアダマンタイトを加工できないのだとか。

なので、代わりの素材としてモンスターの骨が適しているということになった。

骨って中空になっているんじゃないかと聞いたんだけど、モンスターの種類によっては金属みたいに中身がぎっしり詰まっているものもあるらしい。

狙いはメタルジャイアントの骨。

次点ではメタルスケルトンの骨だそうだ。

ちなみにどちらも討伐ランクは赤階級。

次はウヒナさんの剣。

ウヒナさんの剣は軽くて切れ味を優先してほしいみたい。

金属だとこれまたファンタジーの定番ミスリルがいいみたいだけど、この街での流通価格は割高らしい。

そうなるとモンスター素材となる。

候補として挙げられたのはアサシンマンティスの大鎌《かま》。

鎌といっても大鎌の方は長剣のようにまっすぐ伸びているそうだ。

これを加工して長剣にするという。

このモンスターも赤階級のモンスター。

アクミさんの弓と刺突剣は初めからモンスター素材を要求された。

弓は合成弓にするらしく、トレント系の木材とワンダーディアーの角と腱《けん》。

トレント素材はなるべく上位のものが望ましいそうだ。

刺突剣はアサシンマンティスの針が狙い目。

針といっても一メートルくらいあるらしく、刺突剣には最適らしい。

トモアさんの杖《つえ》もトレント系の素材がほしいみたい。

木材加工はハノンさんの仕事のようだが、トモアさんのいまの杖を超《こ》えようと思うと金属では難しいそうだ。

またウヒナさんとトモアさんの盾はガイアトータスの甲羅《こうら》が望ましいとのこと。

軽くて丈夫な上、取り回しもしやすい優秀《ゆうしゅう》な素材だという。

これらが装備の素材としてほしい第一希望の素材。

第二希望以降も挙げてもらいメモを取ったがモンスター素材だけあっていろいろと種類が多い。

どこまでこの街で手に入るかわからないため商業ギルドでアリゼさんと相談だね。

必要素材を調べ終わったあと商業ギルドに戻ってアリゼさんにどれだけ揃《そろ》えることができるか聞いてみた。

結果としては、ほとんどのものが入手困難だそうだ。

メタルジャイアントの骨は近隣《きんりん》のダンジョンで産出されるので入手は難しくない。

でもそれ以外の素材は難しいみたい。

代案として提示されたのが私たち自身で素材を調達しに行くことだった。

「それって大丈夫なんですか?」

「銅商人であっても緑冒険者でしかないリリィ様だけでは許可できません。ですが、『山猫の爪』の皆さんは赤冒険者です。それなら商業ギルドから素材調達の依頼を出すこともできます。調達にはギルドの監視員《かんしいん》も同行することが義務ですが、それは私が務めます。リリィ様は商業ギルドからの指名依頼受注者としてついてくればいいのですよ」

なるほど。

商業ギルドからの依頼として『山猫の爪』が素材を集めて回るのか。

私はその名目上の受注者としてついて回ると。

さすがアリゼさん、頭がいい。

「しかし、それだけのモンスター素材を集めるとなると運搬《うんぱん》用の移動手段が必要になりますね」

「私のリュックじゃだめですか?」

「ガイアトータスって人よりとても大きいんです。そんな大きなモンスターの甲羅を不自然な形ではなく持ち帰れと？」

はい、うかつでした。

移動手段についても商業ギルドで用意してくれるということで話はついた。

ただ、大規模な素材採取の旅になりそうなので大型の車を用意するつもりらしい。

借りるのに一週間ほどかかるそうだからそれまでは普段通り過ごしていていいようだ。

あと、私の魔法印も発行してもらうようにお願いしておいた。

魔法印はサインを判子みたいに押《お》せるような仕組みになっており、特殊《とくしゅ》な魔法を使って作られている。

作るには少し時間がかかるらしいけど、素材採取の旅から帰ってくる頃にはできているそうだから大丈夫だろう。

ともかく、まずは『山猫の爪』が私の護衛につくことの指名依頼と商業ギルドの素材採取依頼を冒険者ギルドに出しにいこう。

お昼過ぎ、午後三時くらいの冒険者ギルドはかなり空《す》いていた。

一日の依頼を達成して報告に来るにはまだ早い時間帯なのだろう。

そんな時間に顔を出した私たちは当然目立つ。

私は久しぶりに冒険者ギルドに顔を出したこともあり、厄介《やっかい》な男の存在を忘れていた。

私にしつこくパーティを組むことを要求してくる男のことだ。

「あ、お前！　ようやく冒険者ギルドにやってきたか！」

「またあなたなの？　いい加減にしてほしいんだけど」

「リリィ様、彼《かれ》は？」

「私のことをしつこくパーティに誘ってくる粘着野郎《ねんちやくやろう》よ。緑階級に上がったその日からずっとつきまとわれているの」

「……見たところ緑階級としても貧弱《ひんじやく》な装備をしていますが」

「ここ数年ずっと緑階級から上がれないでいるって聞いた」

「なるほど。私が追い払っても？」

「手間をかけるけどお願いね、ケウコさん」

私のお願いを聞いたケウコさんが男に近づいていった。

あの男も同年代だけど、明らかに上物の装備を身につけているケウコさんに気圧《けお》されているみたい。

「な、なんだよ。あんた、一体なんの用だ？」

「私はリリィ様の護衛だ。そのリリィ様にしつこくつきまとっている怪しい男がいるならば排除《はいじょ》しようとして当然だろう？」

「護衛？　あいつは緑冒険者だろう？　なんでそんなやつが護衛を」

「リリィ様は緑冒険者であると同時に銅商人だ。銅商人が自分の護衛を雇ってもおかしくはない」

「銅商人⁉　あいつがか⁉」

「ああ、そうだ。なにか文句があるのか？」

「銅商人なら俺も護衛に雇ってくれ！」

「なにを言っている？　お前はただの緑冒険者だろう？　私たちは赤冒険者だ。足手まといはいらない。力尽《ちからず》くで排除されたくなければ早く立ち去れ！」

ケウコさんの一喝《いっかつ》であの男は腰《こし》が抜《ぬ》けたみたい。

ズルズルと這《は》いずって後ずさり、壁際《かべぎわ》まで逃《に》げていった。

あ、出入り口は私たちがいる方だから逃げられないのか。

「ケウコさん、それくらいにして私たちの用事を済ませましょう」

「はい。お前も身の程《ほど》がわかったのなら二度と近づくな」

これであの男も大人しくなってくれるといいんだけど。

冒険者ギルドの受付に依頼を出しにいったら、さっきの話が聞こえていたらしくすごく残念がられた。

冒険者ギルドとしても私は有望な新人だったらしい。

緑階級に上がるときの試験でも文句なしの成績を収め心構えもしっかりしている。

威勢の良さだけが目立つ冒険者の中で物腰丁寧《ものごしていねい》。

大量の荷物が入るマジックバッグを持っており、優秀な従魔を連れているテイマー。

褒《ほ》め殺しかといわんばかりにいいところを挙げてくる。

最後は「商人と並行《へいこう》して冒険者も続けませんか？」と聞いてくる始末。

素材と魔石集めはするけど冒険者稼業《かぎょう》は厳しいと伝えたらうなだれてしまった。

いまの私って赤階級の冒険者と行動をともにするから、素材などを提出しても昇級《しょうきゅう》に必要な点数が上がらないんだよね。

一度青階級になれば大丈夫なんだけど、商業ギルドとして私の護衛がいなくなるのは看過できないだろう。

まあ、諦《あきら》めてくださいな。

そのあと、素材調達の旅が始まるまでの一週間は普通にオーガ退治をして過ごした。

タラトに試《ため》してもらったところ、いつものオーガの山へ向かう途中《とちゅう》の谷は三人までなら同時に渡ることができたんだ。

なので、『山猫の爪』からふたり先行してもらい、あとから私と残りのふたりが続く形でオーガ退治を継続《けいぞく》できた。

オーガ退治自体はものすごく効率的になった。

私とタラトだけだと一匹ずつしか倒せなかったけど、『山猫の爪』のみんなが加わることによって群れをまとめて相手にできるようになったのだ。

全員ひとりで一匹以上相手取ることができるし、動きも速い。

毎日オーガを五十匹以上余裕で倒せてしまう。

私としてはもっと上位のモンスターに挑んでもいいかと考えたのだけど、『山猫の爪』のみんなからは「これ以上、上位のモンスターは狙わないでくれ」とお願いされた。

オーガ程度だったら護衛しながら群れを倒しても余裕があるけど、これ以上になるといまの装備では難しいらしい。

それに日帰りできる距離に手頃なモンスターがいないというのもある。

大人しくオーガで我慢《がまん》しておこう。

スパイダーシルクやマナスパイダーシルクはたくさん納品できてほくほくだし。

一週間後、移動手段の用意ができたと連絡があったので商業ギルドに行ってみる。

受付に行くとアリゼさんが待っており一緒に来てほしいと言われ、ついていくことになった。

商業ギルドの近くに行くのかと思えばアリゼさんは用意してあった馬車に私たちと一緒に乗り込み街の外へと向かう。

そして、馬車がたどり着いたのは言葉通り巨大《きよだい》としか言い表せない格納庫だった。

「皆様ようこそ」

「アリゼさん、ここは?」

「今回の素材調達に用意した移動手段、素材運搬車『ダイゴセブンティーン』の格納庫です」

「『ダイゴセブンティーン』、ですか?」

「まあ、中に入りましょう。私も研修で一度運転したことがあるだけなので、少しわくわくしているんです」

格納庫の中に入ると当然というべきか真っ暗だった。

しかし、アリゼさんが照明をつけると格納庫の中が煌々《こうこう》と照らされる。

光の中に現れたのは建物のような大きさの超《ちょう》巨大モンスタートラックが一台に四台のコンテナ車。

これが『ダイゴセブンティーン』らしい。

『ダイゴセブンティーン』の先頭車両は最大九人まで乗車できるスペースを持つ。

街門の中になど入れないほど大きいコンテナ部にはクレーンが取り付けられており、その内部にマジックバッグと同様の空間拡張が施《ほどこ》された内蔵型コンテナが収容されているらしい。

内部のコンテナの中に入れたものは時間停止が働き腐《くさ》ることはない。

まさに優《すぐ》れものだ。

また、屋根上とエンジン部の下、コンテナ左右には魔力弾《だん》を放つ二連砲台《ほうだい》、さらにはモンスターをはね飛ばしても耐えられるバンパーが取り付けられておりモンスター対策も完璧《かんぺき》だ。

一方、コンテナ車にも一応運転席はある。

ただ、こちらは車両を連結するときのみ使う補助的な運転席だそうだ。

コンテナ部分の仕組みは先頭車両と同様になっているみたい。

あと、コンテナの上と左右に二連砲台がついている。

正直、どんな相手を想定しているのか教えてほしい。

軌道《きどう》方式は全輪クローラーで動き、悪路走破性も優れているとか。

今回『ダイゴセブンティーン』を借りることができた理由は、ワンダーディアーやアサシンマンティス、ガイアトータスといった大型モンスターばかりがターゲットになっているためだ。

商業ギルドとしてもこれらの素材は喉《のど》から手が出るほどほしいらしい。

そのため私たちにこの車を貸し出す代わり、可能な限り素材を持ち帰ってもらいたいと説明を受けた。

もちろん、私たちが確保したい素材は別に運搬してもらえる。

あくまでも私たちの必要とする素材以上を手に入れたときの保管用らしい。

「というか、どのモンスターも全身素材になる上、リリィ様でも運べないくらい巨大なんですよね」

ワンダーディアーは体長四メートル、角の幅《はば》が左右で五メートルもある大鹿《おおじか》。

アサシンマンティスは体高四メートルの巨大なカマキリ。

ガイアトータスも体高四メートルはある巨大なリクガメだ。

どれか一種類だけを狙った素材採取ならもっと小型の運搬車でもいいのだが、これらすべてを狙うとなるとこの運搬車でも足りるかどうか怪しいらしい。

私たちはどれだけ倒してくればいいんだ。

ともかく、移動の足は『ダイゴセブンティーン』で決定、運転手はアリゼさんが務めてくれる。

どのモンスターをどれだけ倒すかは実際に生息地に行ったときどれくらい遭遇《そうぐう》するかにもよるらしいが、商業ギルド側の取り分としてワンダーディアーが五頭、アサシンマンティスが三匹、ガイアトータスが五頭はほしいらしい。

それ以外に私たちの取り分も仕留めなければいけないので、なかなか骨が折れる旅かもしれない。

狙いも全部赤階級のモンスター、一筋縄《ひとすじなわ》ではいかないだろうし気を付けよう。

決意も新たにし、午前中にヴァードモイを出発した私たちは、早々に街道《かいどう》から逸《そ》れ平原を疾走《しっそう》していく。

うん、『ダイゴセブンティーン』って普通の馬車やバスなんかよりも断然速いんだ。

大体、ヴァードモイに来るときに乗ってきたバスの四倍くらい。

つまり、一日の移動距離もそれに比例して長くなる。

しかも、長距離バスは毎日宿場町に泊まるルートを通っていたため、日が高いうちに宿場町に到《とう》着《ちゃく》して宿泊することもあった。

なにが言いたいかというと、今回の素材調達は国内を半周するほど移動距離が長いのだ。

その上、食料や『ダイゴセブンティーン』の動力源となる加工済み魔石は最初から搭載《とうさい》してあるので街による必要もなし。

約一カ月にわたる強行軍の始まりというわけ。

さて、移動開始から一週間が経ち、明日にはワンダーディアーの生息地へと到着する。

初日はワンダーディアーの生息状況《じょうきょう》を確認するために費やす予定なので私はお留守番だ。

ワンダーディアーの主な攻撃方法は角による突進と各種魔法攻撃。

角は鋼程度簡単に貫《つらぬ》くので避けられない冒険者は戦うことすらできない。

魔法攻撃もかなり強く遠距離から届くため近づくのも一苦労だ。

基本的な倒し方は魔法攻撃をかわしながら突進を誘い、カウンターで攻撃していく方法。

ワンダーディアーの毛皮には魔法耐性もあり魔法攻撃はあまり有効ではない。

さすがは赤階級モンスターである。

「調査してみましたが群れているワンダーディアーはいませんでしたー。秋になる前に狩りに来ることができたのが幸いしています」

斥候《せっこう》にでていたアクミさんの報告によればワンダーディアーは数こそ多いものの群れてはおらず、気を付ければ一頭ずつ倒せるということだ。

なんでもワンダーディアーには群れを作るという意識はあまりなく、秋口だけ群れをなすことがわかっているそうだ。

ただ、ワンダーディアーもモンスターのため生殖行為《せいしょくこうい》は行わない。

なぜ秋にだけ群れるのかはわかっていないらしい。

ともかく、いまは狩り時だということがわかったようだ。

「明日以降は全員でワンダーディアーを倒しに行く。基本的にリリィ様は前に出ないように」

「わかった。でも、危なくなったら助けに入るからね」

私が『山猫の爪』のみんなと話すときの口調もかなり親しげになった。

これは『山猫の爪』のみんなからの要望だ。

「正直、ワンダーディアーになると私たちでも危ないですからね。あまり前に出ないでくださいね」

「ワンダーディアーは魔法がほとんど効かない。動きは直線的だけど素早い」

「目に矢が当たれば楽になるんですけど、さすがに狙って当てるのは難しいですからねー」

「私もワンダーディアー相手だとほとんどパーティのお役には立てません。魔法使い殺しな相手です」

ふむ、私は大人しく後ろで守られているべきか。

みんなの邪魔《じやま》をしてもいけないので大人しくしていよう。

翌朝、アリゼさんを除いた五人とタラトでワンダーディアーを狩りに行く。

アリゼさんも最低限の自衛はできるし、『ダイゴセブンティーン』の防衛機能を使えば素材を気にしない限り赤階級のモンスターも倒せるようだ。

素材はだめになるけど。

森の中を一時間ほど進んだところで先頭を歩いていたアクミさんが制止をかけた。

どうやらこの先にワンダーディアーがいるらしい。

この場に私とタラト、トモアさんが残り三人は奥に進んでいく。

ある程度離《はな》れたところでアクミさんが森の奥に矢を放ち、戦闘を始めたようだ。

矢が当たったのかどうかここからではわからないが、反撃の魔法は飛んできている。

魔法の種類は氷魔法と雷《かみなり》魔法の二種類。

それが正確に狙って飛んできているというより、周囲にばらまかれるような感じで飛んできている。

「トモアさん、ワンダーディアーって精密射撃はしてこないんですか？」

「ワンダーディアーは精密射撃ができないモンスターだと考えられています。もちろん、まっすぐ飛んでくる可能性も考慮《こうりょ》しておかなければいけませんが、下手に動き回るよりも最小限の回避《かいひ》行動で済ませるべきだと言われていますね」

ふーむ、なるほど。

一発一発の威力もそれなりにあるみたいだけど、狙いは甘いのか。

三人も動き回るのは最小限にしてケウコさんとウヒナさんは相手の突撃待ち、アクミさんは隙《すき》を見て森の奥に矢を撃《う》ち続けている。

この戦いは長引きそうだ。

ワンダーディアーから放たれる魔法の雨をかいくぐりながらアクミさんは矢を撃ち続ける。

だが、しばらくするとその手が止まり森の大木の陰《かげ》にその身を隠した。

その数秒後、大きな音を立てて巨大な鹿《しか》が大木に激突する。

こいつがワンダーディアーか。

話に聞いていたよりも実物は大きい。

少し遅れてアクミさんが盾にした大木が折れ始めた。

突進攻撃も半端《はんぱ》じゃない威力だ。

アクミさんもワンダーディアーもその場から離れたが、ワンダーディアーにはケウコさんとウヒナさんが襲《おそ》いかかる。

ふたりとも右前脚《まえあし》に斬《き》りかかり、攻撃を当てることができた。

「キィイ！」

ワンダーディアーがかん高い鳴き声を上げ魔法を周囲に向けて放った。

でも、ふたりは木を盾にすることでそれを防いでいる。

魔法が落ち着いた頃、森の奥から矢が飛んできてワンダーディアーに刺さる。

するとワンダーディアーはそちらに向けて突進していった。

「ワンダーディアーの狩り方ってこれの繰《く》り返しなの？」

「そうなります。相手は森の中を軽快に走り回り、魔法をばらまきながら突進してくる大型モンスター。一般的な方法は弓矢で相手の気を引き突進を誘発《ゆうはつ》、こちらに突《つ》っ込んで来て止まったところを近接武器で攻撃して足を封《ふう》じることになります」

「結構時間がかかりそうだね」

「一頭倒すのに五十分から一時間はかかりますよ。生命力も半端ではありません」

「うわあ、先が長そう」

「だからこそ赤階級モンスターなんですけどね」

うーん、なんとか手助けはできないかな？

私が割り込んでも突進はガードできそうもないし、みんなみたいに上手く攻撃する自信もない。

そうなるとタラトの糸で拘束《こうそく》してもらう？

あの大きさのモンスターでもタラトの糸が通じるかな？

「タラト、ワンダーディアーに糸は有効そう？」

『足をからめとるのは難しそう。角を封じることはなんとかなる』

「角を封じる？」

『角を通じて魔法を発生させてる。それを止めることはできる』

「タラト様はなんと？」

「足止めは難しそうだけど魔法はなんとかできそうだって」

「なるほど。それができれば時間短縮が期待できます」

「三人と合流する？」

「いえ、タラト様だけに行ってもらいましょう。地上を移動しなければいけない私たちとは違い、タラト様なら樹上を移動できます。ワンダーディアーに気付かれずに接近できるはずです」

「わかった。タラト、いけそう？」

『うん、行ってくる』

タラトはぴょんぴょんと木の上を飛び跳《は》ねて移動し、森の奥へと消えていく。

しばらくするとズドーンと大きな音が聞こえ、その後モンスターの悲鳴が聞こえてきた。

少し経つとタラトとアクミさんが一緒に戻ってきた。

「タラトをけしかけたのはふたりかしらー。ものすごいことが起こったんだけどー」

「一体なにがあったの？」

「タラトがワンダーディアーの頭を糸でぐるぐる巻きにしたら、ワンダーディアーの魔力が暴発してワンダーディアーが気絶したのー。そのままとどめをさせたから楽だったけど驚いたわー」

そんなことがあったんだ。

ワンダーディアーって角から魔法を飛ばしていたけど、頭に魔力を集中していたんだね。

安全は確保できたということでケウコさんとウヒナさんとも合流する。

ふたりはワンダーディアーの解体で苦労していた。

ワンダーディアーの皮は弾力《だんりょく》がある上に硬《かた》く解体ナイフでは刃《は》が通りにくいのだ。

解体に時間が取られてもまずいので、私の短剣をふたりに貸した。

すると、女神様の短剣だけあってすいすいワンダーディアーが解体できる。

細かい解体は安全な場所まで移動してからということで内臓を取り出して焼き払い、四肢《しし》と角だけを分離《ぶんり》しタラトが繭玉で包んで『ダイゴセブンティーン』まで運んだ。

アリゼさんも素材が一頭まるごと手に入るとは思っていなかったみたいだね。

タラトのおかげで簡単にワンダーディアーを狩ることができることがわかった私たちは、三日間で合計十二頭のワンダーディアーを倒した。

これだけ倒しても『ダイゴセブンティーン』の最大積載《せきさいりょう》量の四分の一くらいしか使っていないんだから、この車ってどんな状況を想定して作ったんだろうね？

私たちとしては素材を大量に持ち帰ることができるから嬉しいんだけどさ。

ワンダーディアーを狩り終えた私たちは、一路アサシンマンティスの生息地を目指す。

今回も長距離移動で七日間の旅となった。

「ケウコ様、アサシンマンティスの狩り方は商業ギルドに記録がございません。大丈夫でしょうか？」

「ええ、なんとかしてみせます。非常に厄介なのですが……」

「厄介？」

私は余計なことかもしれないと思いつつも首を突っ込んでしまう。

それを咎《とが》めることなくケウコさんは説明をしてくれた。

「アサシンマンティスの武器は左右上段の大鎌、左右中段の刺突針、それに加えて飛び回る一対《つい》の飛鎌なんですよ」

「飛鎌？」

「はい。アサシンマンティスの魔力を受け、自在に飛び回る厄介な武器」

「アサシンマンティスも群れないのですがー。この鎌があるせいで実質常に三匹と戦っているようなものなんですよー」

「飛鎌を魔法で撃ち落としてから本体を攻撃するのがセオリーとされております。本体も高速移動で飛び回るため、簡単には捕《と》らえることができませんから」

むむむ、さすがは赤階級モンスター、こちらも強敵だ。

何かお手伝いできることはないかな？

そう思って聞いてみたけど、とりあえず自分の守りを固めていればいいみたい。

「今回の相手は後方まで攻撃してきますからね。常にタラト様の結界内に閉じこもっていてください」

「わかった。みんなも気をつけてね」

翌朝、アサシンマンティスを探しに出発する。

もっとも、それほど探さずに見つかったけど。

「いたぞ、アサシンマンティスだ」

「ほかの獲物《えもの》に気を取られてこちらに気付いていませんね」

「これはチャンスかもしれない。リリィ様は結界内に」

「うん」

私はタラトの糸で囲まれた結界内に身を潜《ひそ》める。

結界の内側からでは外の様子がうかがえないけど、戦闘音が聞こえ始めた。

うーん、見えないというのもやきもきする。

そのまま数分間結界内でじっとしていたが、突然結界に突き刺さるものがあった。

真っ黒い鎌のようなもの、これがアサシンマンティスの飛鎌かな？

タラトの糸にからめとられてもまだ動こうとしているし、なかなかタフなのかもしれない。

触るのも危ないだろうしどうしようか。

あ、魔法を当ててみよう。

この鎌にどんな魔法が有効かわかれば、本体に有効な魔法属性もわかるかもしれないものね。

そうと決まれば、まず火から。

うーん、ほとんど効果がない。

水も一緒。

その調子で順番に各属性を試していき、大きな反応があったのは雷属性だった。

それまでは蜘蛛糸の結界を突き破ろうと動き続けていたのが、パタリと止まったのだ。

糸の結界の外に追い出せば地面に転がったし、また動き出す気配もない。

これって雷属性が弱点ってことだよね。

私は地面に落ちた鎌をリュックにしまい、糸の結界に少し穴を空けて戦闘の様子を見る。

すると、周囲の木々が何本も伐採《ばっさい》され、みんな切り傷を負いながらアサシンマンティスとにらみ合いをしていた。

アサシンマンティス自体に雷魔法を当てるのは難しいかもしれないけれど、あの方法ならいける気がする！

私は魔力を使ったモンスター探知の方法と同じ要領で雷魔法の魔力を広げていく。

ケウコさんたちにも当たったけど、その時はあまりダメージを与えないようにした。

そのまま広げていくと飛鎌と思われるものにもぶつかり、それは地上に落ちる。

異常事態を察知したアサシンマンティスが逃げようとしたけど、魔力の広がりの方が速く、広がってきた魔力に干渉《かんしょう》し感電して地面に落ちた。

さすがに死んではいないだろうけど、しばらく動けそうにないね。

その様子を見たケウコさんは油断なくアサシンマンティスの首をはねてから、私の方へとやってきた。

「いまのはリリィ様の魔力ですか？」

「うん。タラトの結界に飛び込んできた飛鎌が雷の魔法で地面に落ちて動かなくなったから本体も雷に弱いんじゃないかと思って」

「苦戦していたので正直助かりましたが、護衛対象なのですから大人しくしていてください」

助けはしたけどお小言をもらってしまった。

そのあとはアサシンマンティスを解体し『ダイゴセブンティーン』まで戻る。

毎回私が雷魔法を使うわけにもいかないということでトモアさんに教えることとなったが、トモアさんは雷魔法そのものが使えなかった。

まずそこから教えなくちゃいけなかったけど、一日でものにしてしまうあたりトモアさんもなかなかやる。

こうしてアサシンマンティスを簡単に狩れるようになった私たちは十匹ほど狩ってから次の目標であるトレントの森へと向けて出発した。

アサシンマンティスの狩りを終えた私たちは更に移動し、数日かけて樹海のそばまでやってきた。

この森の中にトレント族が暮らしているらしい。

ただ、トレント族というのは厄介な性質があるようだ。

「トレント族というのは基本的に温厚《おんこう》でヒト族とも友好的なモンスターです。ですが、仲間を傷つけられそうになると一族すべてが一斉《いっせい》に襲いかかってきます。トレント素材はどのような目的であっても優秀な素材なのですが、このような事情もありまず手に入りません」

アリゼさんの説明を受け、私たちは頭を悩《なや》ませてしまった。

この性質はケウコさんたちも知らなかったようだ。

どちらにせよ、トレント素材はほしいので森に潜《もぐ》ってみることは決定した。

トレントの棲《す》む樹海はまるで侵入者《しんにゅうしゃ》を拒《こば》むかのように木々が乱立している。

実際、私の懐中時計《かいちゅうどけい》に付いているコンパスなしに歩いていると、何度も樹海の入り口まで戻されたし。

樹海そのものが意思を持って入れないようにしているような錯覚《さっかく》すら覚える。

どうしてだろう？

コンパス頼《だよ》りに森の中に分け入っていくこと二時間ほど、突然頭上から私の体よりも大きなサイズの蛾《が》が降ってきた！

なんなの⁉

「こいつは、マクイラガ⁉」

「ひとまず私が焼きます！　皆さんは下がって！」

トモアさんの魔法によりマクイラガという巨大な蛾は焼き払われて灰になる。

灰の中から魔石を取りだし、トモアさんはなにかを調べ始めた。

「このマクイラガはまだ成長途中だったようですね。魔石が小さく魔力が満ちていません」

「マクイラガってどんなモンスターなの？」

「樹木の葉を食べ成長する……まあ、害虫がモンスター化したものだと考えてください。でも、マクイラガが落ちてきたということは……」

《カンシャスルゾ、ヒトノコ》

トモアさんが考察を述べていると突然森の中に声が響き渡った。

よくみると私たちの周りの木々に人の顔のようなものが浮《う》かび上がっている。

ひょっとしてこの木々ってすべてトレント!?
《ソレハワレラニクライツキハヲアラシテイタノダ》
《イッピキトハイエヘラシテクレタコト、カンシャスル》
なるほど、トレントたちはこのマクイラガに困らされていたんだ。
となると、交渉《こうしょう》の余地があるかも！
「あの、伺《うかが》いますがマクイラガはまだいるんですか？」
《コノシュウイニハイナイ。チョウロウノモトニオオクアツマッテイル》
「では、マクイラガを始末したら皆さんの素材を分けてはもらえないでしょうか？」
私の発言を聞き、私たちには聞こえない声でトレントたちが相談を始めたようだ。
少し間を置いてから結論を告げてきた。
《タオシタリョウニオウジテノデキダカナラハラウ。タダシ、ナカマヲキズツケテモチサルコトハユルサヌ》
「わかりました。みんな、行こう」
「そうだな。マクイラガの相手をするのは気持ち悪いが、冒険者としてこれ以上気持ち悪いモンスターとも戦ってきたし問題ないだろう」
《チョウロウノモトヘハワレラガアンナイスル。コノサキニススメ》
トレントたちの間に一本の道ができていった。
この先にトレントの長老がいるのだろう。
私たちはその道を進み、途中でマクイラガを見つけると私とトモアさんの魔法で撃ち落としていった。

マクイラガ自体は弱いモンスターらしいけど、群れをなすからモンスター階級は青なんだって。

火に弱く空を飛ぶスピードも遅《おそ》いから私やトモアさんにはいい的なんだけど。

落ちてくる前に燃え尽《つ》きて灰になるから延焼《えんしょう》する恐れもなくて助かる。

道を進んでいくほどマクイラガの数も多くなり、長老であろう大樹の元にたどり着くと、木々の間から見える空一面がマクイラガによって覆《おお》われていた。

これを倒すのはしんどそうだなぁ。

「どうしましょう。この数を撃ち落とすのは……」

「うーん……タラト、糸である程度の数をまとめて拘束できる？」

『任せて！』

タラトが大樹に比べると低い木の上に上っていき、その枝の先から大量の糸を出した。

マクイラガはその糸にからめとられて一気に地上へと落ちてくる。

でも、やっぱり数が減っているようには見えないんだよねぇ……。

「これは耐久戦になりそう」

「ですね……」

マクイラガの討伐は夜を徹《てつ》して行われ、最後の一匹を討伐したときには空が白み始めていた。

正確にはマクイラガは最後の一匹まで討伐できたわけではなく、少数のマクイラガが空の彼方《かなた》へと逃げ出した結果なのだが。

《よくやってくれた、人の子よ》

マクイラガの後始末を終えた頃、おそらく大木のものと思われる声が響いた。

普通のトレントたちよりもしっかりしたイントネーションがある。

《マクイラガには悩まされていたのだ。我々では有効な反撃手段がなく、大繁殖《はんしょく》を許してしまった。重ねて礼を言う》

「いえ、こちらにも利があってのことですし」

《我らの素材がほしいということだったな。少し待て》

トレントの長老が身震《みぶる》いすると、私たちの目の前に数本の枝が落ちてきた。

ただ、高さ数十メートルもあろうかという巨木の枝だけあり、長さが二メートルくらいある。

これってもらってもいいのだろうか。

《私から渡せるのはそれくらいだ。すまないが治療《ちりょう》に魔力を使わなければならないのでな》

「いえ、十分です。ありがとうございます」

《うむ。我《わ》が眷属《けんぞく》たちからの礼は帰り道で受け取るがよい。気を付けて帰るのじゃぞ》

トレントの長老の言葉通り、帰り道でトレントたちからたくさんの枝が渡された。

トモアさんによれば、このトレントの枝でもかなり強力な杖を作ることができるそうだ。

あと、アリゼさんの元に帰ってから調べてもらうと、トレントの長老からもらった枝は、エルダートレントの枝だった。

流通させると絶対に問題になるから私たちで全部使うようにと厳命されたよ……。

トレント素材を積み込み、私たちは更に旅を続ける。

一週間以上かけてたどり着いたのは最後の目的地、ガイアトータスの生息地だ。

私たちはその生息地が一望できる丘《おか》の上にいるけど、ガイアトータスの多いこと多いこと……。

周囲は砂漠《さばく》なのだが、そんなことお構いなしにガイアトータスはのんびり暮らしていた。

「アリゼさん、あれがガイアトータスですよね？　どうやって狩るんですか？」

「そこが問題なのです。ガイアトータスは決して俊敏《しゅんびん》なモンスターではありません。しかし甲羅を始め、外皮は硬くほとんどの攻撃を受け付けないのです。しかも、仲間意識が強く、一頭に手を出すと周囲のガイアトータスもまとめて襲いかかってきます」

「えぇぇ……」

そんなの倒せるのかな？

心配になってケウコさんたちに聞いてみたけど、昔一度だけガイアトータスの狩りをしたことがあったそうだ。

もっとも、一パーティだけではなく五パーティくらい合同での狩りだったそうだが。

「あの時は三十人くらいで仕留められたのは三頭くらいでしたね」

「ガイアトータスは甲羅に閉じこもられると魔法も効かない。とにかくタフ」

「あの時は武器を破損する冒険者が多数出ましたねー」

「私はまだ青階級だったのですが……とにかく大変でした」

そんなの私たちだけで倒せるのかな？

アリゼさんはどうやら今回に限り私とタラトに期待しているようだけど。

「リリィ様の槍《やり》はかなり強力だとうかがっております。それを使って一頭ずつ仕留めていきましょう。分断はタラト様の糸で行います。ガイアトータスはスピードが乗ると岩でも破壊《はかい》して突進してきますが、動き始めは鈍《にぶ》いです。先に蜘蛛糸でからめとればうまくいくと思います」

「はぁ……」

私が戦うのはいいんだけどさ、大丈夫なのかなぁ？

やるだけやってみるけどさ。

生息地に着いた翌日、夜明け前から私たちは行動を開始する。

ガイアトータスは日中の暑い時間に行動を活発化するので、夜明け前に狩るのが基本なのだそうだ。

生息地に近づくと岩山のような姿で転がっているガイアトータスたちの姿を発見した。

近場にいるのは三頭、狩るにはちょうどいいくらいの数だそうだ。

まずはタラトに頼《たの》み蜘蛛糸でぐるぐる巻きにしてもらってから、私は頭部の方へと移動した。

そして、勢いをつけて跳《と》び上がり、ガイアトータスの頭部に短槍を突き刺す！

「グルゥウゥウ⁉」

眉間《みけん》を正確に貫いた……つもりだったのだが短槍の長さでは脳まで届かなかったようだ。

私は吹《ふ》き飛ばされる前に槍を引き抜き頭から飛び降りる。

ガイアトータスたちはというと……タラトの蜘蛛糸を引きちぎってこちらに狙いを定めつつあった。

「あ、これってかなりピンチかも」

拘束を解いたガイアトータス三頭はこちらに狙いを定めて突進してきた。

事前情報通り出足は遅いけれど、だんだん速くなってきて私のところを通り過ぎる頃には馬車よりも速くなっている。

私はタラトの糸で引っ張られて難なくかわしているけど、ガイアトータスたちはそのまま岩にぶつかりその岩を崩《くず》してから止まった。

「うーん、ひょっとしなくても手詰まり？」

「そうですね。厳しいかもしれません」

ガイアトータスから逃げるのは容易だけど、私の短槍で倒せないのではまともな方法で倒せないだろう。

ケウコさんたちが斬りかかっても皮で弾《はじ》かれるそうだし、突進以外にも踏みつけや噛《か》みつきに注意しなければいけない。

もちろん、アクミさんの弓なんて運良く目に刺さらない限り効果を発揮しないと言われた。

さて、どうする？

「とりあえずひとつ試してみたいことがあるの。それでだめだったら今日は撤収《てっしゅう》、明日出直そう」

「はい。わかりました」

私が試してみたいこと、それは氷のかたまりをドリル状にして飛ばし頭を潰《つぶ》せないかということだ。

土属性の岩だと魔力を吸収されるらしいので氷属性だ。

さて、効果のほどは……。

「……倒せましたね」

「倒しちゃったね」

風を切り裂いて飛んでいった氷のドリルがガイアトータスの頭に穴を開けて倒すことに成功した。

残りの二頭も同じ要領で倒し、今日の狩りは終了だ。

倒し方がわかるとそうでもないのかと思いトモアさんにもやってもらったのだが、死んだ状態の皮にも穴を開けることができなかった。

やっぱり私の魔力は強いらしい。

それともイメージが強いのかな？

どちらにしても、トモアさんには同じことができるようになってもらおう。

トモアさんに魔法を教える都合でたくさんガイアトータスを狩った結果、『ダイゴセブンティーン』の積載量の限界まで積み込んでしまった。

それだけ積むと、さすがの『ダイゴセブンティーン』でも移動速度が遅くなるんだけど、それでも無補給のままヴァードモイまで帰ることができた。

どうやら『ダイゴセブンティーン』には容量拡張は施されていても収納時重量無効までは付与《ふよ》されていないようだ。

元の馬力が非常に強いから問題ないんだけどね。

久しぶりのヴァードモイは夏だけあってそれなりに暑くなっている。

今日はひとまず解散し明日商業ギルドにて商談をすることになったため、『夜闇の獅子』へ宿を取れないかやってきた。

「あ、リリィさんたち。お帰りなさい。素材調達の旅はどうでしたか？」

「うまくいったわ。私たちが泊まる部屋はある？」

「少々お待ちください……大丈夫ですよ。リリィさんたちが前に使っていた部屋がそのまま使えます。そこでいいですか？」

「うん、大丈夫。もう部屋は使える？　私、お風呂《ふろ》に入りたくて」

「そちらも大丈夫です。いま鍵《かぎ》を渡しますね」

宿の受付で鍵をもらったら自分の部屋に直行しお風呂にお湯を張り、体を洗ってから浴槽《よくそう》に身を沈《しず》めた。

『ダイゴセブンティーン』にはシャワー室もついていてシャワーは浴びることができたけどお風呂は入れなかったからね。

シャワーだって水を節約するために毎日浴びられたわけじゃないし。

あー生き返る。

宿でゆっくり休みを取った翌日、商業ギルドに向かい今回の旅で得た素材をどれだけもらうかの交渉に臨《のぞ》んだ。

商業ギルドからは私の専属担当であるアリゼさんのほかギルドマスターのプリシラさんもやってきている。

それだけ商業ギルドとしても今回の商談は本気なのだろう。

もっとも、こちらはそんなに本気ではないのだけど……。

「ふむ。それだけしかいらないの？」

「はい。これ以上もらっても持て余します」

私たちが要求したのはワンダーディアーの角三組、毛皮四頭分、腱二頭分、二頭分の肉、アサシンマンティスの大鎌左右二組、針左右二組、飛鎌左右二組、ガイアトータスの甲羅ふたつ、腹の部分の甲羅三頭分、皮四頭分、ガイアトータスの肉少々だ。

ワンダーディアーの角と腱はアクミさんの弓、アサシンマンティスの大鎌はウヒナさんの剣、アサシンマンティスの針はアクミさんの刺突剣、ガイアトータスの甲羅はウヒナさんとアクミさんの盾になる。

そのほか私たちはエルダートレントの枝も所有しており、それは商業ギルドに渡さないことになった。

商業ギルドとしてもトレント素材が大量にある中、エルダートレントなんてものの素材をもらっても困るというのが本音らしい。

ワンダーディアーとガイアトータスの肉は食肉加工してもらい、干し肉や燻製《くんせい》肉にしてから渡してもらう。

ワンダーディアーの肉は少しだけそのままもらうことになっているが、少しといいつつ五人ではかなりの量だし熟成させる必要があるのでもらうのは秋になってからだ。

あと、毛皮と皮は私が魔法裁縫《さいほう》で革鎧《かわよろい》や服を作る時の素材にする。

どれだけ高級品になるのかわからないけど作ってみたいのだ。

なめし処理などは商業ギルドが引き受けてくれるらしいのでお任せしよう。

なお、商業ギルドが引き取る分の素材は移動費用分を除き買い取りとなっているため、私の手元に依頼の報酬として残る手筈《てはず》になっている。

「それにしても、本当にそれだけしかいらないの？　今回の貢献度《こうけんど》を考えればこの三倍は持ってい

ってもいいのだけど」

「私たちではこれ以上持ちきれませんよ。これだけでも余るっていうのに」

「そう。じゃあ、とりあえず商業ギルドがすぐに売る分以外は保留分として保管しておくわ。気が変わったら引き取って」

「気が変わったくらいで赤階級モンスターの素材を引き取っていいんですか？」

「虎《とら》の子の『ダイゴセブンティーン』を満載にして帰ってくるんだもの構わないわよ」

プリシラさんの予想では積載量の半分も積んでくれれば儲《もう》けものだったらしい。

これだけ持って帰られてしまうとすぐに売りに出せないため、それはそれで困るらしいのだ。

さすがに私はそこまで責任を取れないけどね。

「これで素材についての取引は終了ね。次にリリィさん、あなた店を持つ気はない？」

「店？」

「あなたの服屋よ。その方がよさげだもの」

いきなり店と言われてもなぁ。

まずは話を聞いてみるか。

第五章　リリィのお店、開店を目指して

「なんで私にお店を持たせようとしているんですか？」

ここが一番の謎《なぞ》なのだ。

私は銅級商人だけど自分のお店を持っていない。

ついでに言えば、商品は露店《ろてん》でも売れる。

どうしてわざわざお店を構えさせようとしているんだろう？

「そうね。まずは、銅級商人としての体裁《ていさい》を保つこと。銅級商人がお店を持たずに露店だけで商売をするのは商業ギルドとしても避《さ》けてほしいのよ。ほかの商人との摩擦《まさつ》も起こりうるからね」

なるほど、そこまで考えていなかった。

私が売るのは衣類が中心だから衣服を売るお店と競合するのか。

露店だと土地代がかからない分、安く売っていると思われるものね。

実際は魔法裁縫《まほうさいほう》で人件費がかからないから安く売れるだけなんだけど。

「次にお店を構えることで堂々と様々な商品を売ることができるようになるわ。あなたが販売《はんばい》をしたエプロンも、いまではほかのお店で同様のものが作られているからね。もちろん、付与《ふよ》魔法なんてかかっていないけど」

うん、私のもうひとつの強みは私自身が付与術を使えることで好きなように付与を行えることだ。

普通《ふつう》は生産者が付与術を扱《あつか》えるなんて滅多《めった》にないので、安い服に付与を行うなんてあり得ない。

でも、私ならそれができてしまう。

もちろん、価格に反映させなくちゃいけないけれど、それでも他店で同じことをやるよりもはるかに安くできるはずだ。

「最後に護衛の問題ね。いまは宿で暮らしているけれど、それだと警護に不安がでるわ。お店を持ってそこに住むようになれば護衛をするのも楽になるの」

そうなんだ。

ケウコさんたちに意見を聞くと、やはり宿暮らしでは護衛という面で不安なところがあるらしい。

それならいっそ一戸建ての店に住んだ方がありがたいと。

うーん、あとは場所と費用の問題かなぁ。

それをプリシラさんに話すともう候補地はいくつか決めてあるらしい。

このあとアリゼさんと一緒《いっしょ》にそれらの候補地を見て回れと。

どうやら私が店を持つことは既定《きてい》路線だったようだ。

プリシラさんからの提案は以上ということなので早速《さっそく》アリゼさんたちと物件を見て回ることにした。

一カ所目は街の大通りに面したお店。

かなり年季が入っており、使うには大規模な修繕《しゅうぜん》が必要そう。

「アリゼさん、ここを買う場合どれくらいの金額になるんですか?」

「この物件は購入《こうにゅう》できませんね。毎月の家賃が五十万ルビスとなっています」

購入不可で毎月五十万ルビスかぁ。

大通りに面しているからお客は来やすいんだろうけど、毎月の出費が大きい。

私としてはスパイダーシルクを数巻き売ればいいだけの話だけど、この先もそれで収入を得られるかわからない。

この物件はパスだね。

そのあとも物件を次々見て回る。

でも、裏通りにあるため護衛の面で不安があるとアリゼさん含《ふく》め全員から否定されたり、住宅街にあってお店にするにはどうかと思う場所にあったりとなかなか決まらない。

プリシラさんもこの中から選ばせようとしているのだろうか？

残り二カ所となったとき、訪《おとず》れたのは中央通りを曲がってすぐの場所にある少し大きめの店舗《てんぽ》だった。

「アリゼさん、ここは？」

「つい最近売りに出された店舗のようです。中央通りに近く敷地《しきち》面積も広い、その上狭《せま》いながらも裏庭があるためかなり高額になっています。立地条件はいいのですが、そのために二の足を踏《ふ》んでいる商人が多いのでしょうね」

「ふむ……中を見ることはできますか？」

「はい。鍵《かぎ》を預かってきていますので。行きましょう」

お店の中を見てみたけれど若干《じゃっかん》年季が入っている以外はこのままでも使えそうだった。

ああ、でも、あれを売るなら改築した方がいいかな？

バックヤードも広く、倉庫や作業場に使えそう。

二階と三階は居住者用スペースになっていて二階は共用スペース、三階は寝室《しんしつ》になっているようだ。

どうしよう、この店舗、すごくほしい。

「アリゼさん、ここのお値段は？」

「二千万ルビスですね。買い取るのですか？」

「最後の一軒《けん》を回ってからですが、ここ、気に入りました」

「確かにここなら衛兵の詰《つ》め所も近く治安もよさそうですし問題ないでしょう。では、最後の物件も念のため見てみましょうか」

最後の物件だけど、この物件よりも広い敷地を持っていたが街外れにあるため衣料品店には向かないだろうというアリゼさんの判断がでた。

プリシラさんがこれらの物件を選んできたのは私がどんな場所を選ぶかわからなかったためらしい。

ともかく、私は店舗の手付金として五百万ルビスを支払《しはら》い、残りは商業ギルドからの融資《ゆうし》としてもらった。

アリゼさんとしても「その気になればすぐに支払えますしね」ということで融資に反対はなかったようだ。

旅の間に倒《たお》したモンスターの魔石をタラトが食べているから、スパイダーシルクやマナスパイダーシルクはたくさん持ち帰ったからね。

手続き上、あの店舗はもう私のものだけど先に改装したいから暮らすのはまだ先かな。

アリゼさんに頼《たの》んでいい工務店を紹介《しょうかい》してもらおう。

ほぼ一日店舗探しで使ってしまったので、テイサさんとハノンさんに素材を渡《わた》しに行くのが一日遅《おく》れてしまった。

それを謝《あやま》ると「一日くらい誤差だ」と笑われてしまったが。

さて、素材なのだがメタルジャイアントの骨は既《すで》に入荷《にゅうか》済みで剣《けん》に鍛《きた》えてあったようだ。

あとはバランス調整をするだけらしい。

問題は残りの装備で、アサシンマンティスの大鎌《かま》を鍛えるウヒナさんの装備と針を鍛えるアクミさんの装備は二週間近くかかるみたい。

そもそも、メタルジャイアントの剣も三週間くらいかけて打ち上げたそうだ。

それだけの大物だったんだ。

対して、ワンダーディアーの角とエルダートレントの枝を使ったアクミさんの弓と、エルダートレントの枝を使ったトモアさんの杖《つえ》はそんなにかからないようだ。

どちらも素材がとても良いようで、最低限の加工で使える装備にできるらしい。

ただ、弓の弦《つる》にはタラトの糸も試《ため》してみたいそうなので、タラトに頼み糸を渡しておいた。

こちらの完成は一週間後くらいらしいのでその頃《ころ》にまた来ることにしよう。

問題なのはガイアトータスの甲羅《こうら》を使った盾《たて》だ。

かなり特殊《とくしゅ》な加工が必要らしく、作るのに一カ月以上かかると言われた。

これぱかりは仕方がないのでテイサさんたちにお任せしよう。

装備の細かい希望は各自がテイサさんとハノンさんに聞いてもらう。

最後の仕上げになるエンチャントだけを私がする形だ。

「リリィの嬢《じょう》ちゃんさぁ。そんな簡単にエンチャントを引き受けていいのか？　結構難しい技術だぞ？」

「最近私が自分の作った服にかけた限りは失敗していませんよ。試しになにか武器にかけてみましょうか？」

「そう言うなら頼む」

私が渡されたのはブロードソード。

結構質のいい装備だね。

これなら四重くらいいけるかも！

「えい！」

「うわ⁉　なに⁉」

「エンチャントの光が四回も⁉」

「ふう、成功です。《斬撃《ざんげき》強化》、《打撃強化》、《刺突《しとつ》強化》、《耐久力上昇《たいきゅうりょくじょうしょう》》の四つがかかりました」

「な……⁉」

「四重エンチャントだなんてこのお店ではとても扱えません！」

「まあ、作ってしまったものは仕方がないじゃないですか。後日、私の魔法印も押《お》しますからその

「まあ、リリィさんが保証人となってくれるみたいですし……」

「ええと、それでなら、問題ない。……のか？」

「あとでなら問題ないでしょう」

ほかにもエンチャントをするかと聞いたけど、本来付与術というのはとても高価なんだそうだ。

私はエプロンにほいほいエンチャントをしていたけど、そっちがおかしかったらしい。

仕方がないので店の売りものの一部に《耐久力上昇》のエンチャントを施《ほどこ》すだけに留《とど》めた。

これなら目利《めき》きの人が当たりを買っていくだけで済むだろうと。

ついでなのでふたりにもエンチャントの技《わざ》を教えてみたんだけど、なかなか上手《うま》くいかないみたい。

帰る時間ぎりぎりになってようやく成功し始めたから、もうしばらく練習が必要かな。

私も昔はエプロンを灰にしていたし。

何事も経験あるのみだよ。

装備の依頼《いらい》が終わったら、今度はお店の改築について相談に行く。

アリゼさんから既に紹介状はもらっているので工務店へと向かった。

地図を基《もと》にたどり着いた先は綺麗《きれい》な外見のお店。

とても工務店には見えない。

それだけ高級なお店だということなんだろうか。

気後《きおく》れしていても仕方がないのでお店の中に入る。

すると、すぐに受付の人がいたのでアリゼさんからの紹介状を渡した。

受付の人は紹介状の裏を確認《かくにん》するとすぐに奥《おく》へと飛んでいってしまった。

なにが書いてあったんだろう？

「お待たせしました。マガミス工務店の専務ロイズといいます」

「ご丁寧《ていねい》にどうも。私は銅級商人リリィ。こちらは私の護衛を担当してくれている赤階級冒険者《ぼうけんしゃ》『山《やま》猫《ねこ》の爪《つめ》』の皆《みな》さんです」

「ほほう、あなた様が……」

「私についてなにか？」

「いえ、なんでもございません。なんでも店舗を購入したのでリフォームを行いたいのだとか」

「はい。店舗自体は傷《いた》んでおらずそのままでも使えそうだったんですが、どうせなら私の使いやすいようにアレンジしてもらいたくて」

「よろしいのですか？　アレンジした店舗は売りに出すとき売値が下がることもございますが」

「売りに出す気はないから大丈夫《だいじょうぶ》ですよ。しばらくヴァードモイから離《はな》れるつもりはありません」

「なるほど。ですが、設計スタッフが今日は出払っております。申し訳ありませんが、明日の午後またお越しいただけますか？」

「明日の午後ですね。お時間は何時くらいがいいでしょう？」

「そうですね、二時くらいでお願いします」

「わかりました」

うーん、今日はデザイナーと会えなかったか。

都合がつかないなら仕方がないよね。

翌日午後、予定より十分ほど早くマガミス工務店を訪れる。

予定よりも早かったため待たされるかと思ったが、あちらの準備は整っていたらしく、すぐに打ち合わせを始めることができた。

「初めまして、依頼主さん。私がマガミス工務店のデザイナー、オプケーよ」

「初めまして。リリィといいます」

「……あら、この依頼主さんは私に不満がないのかしら？」

「不満？　なぜです？」

「女性が建築の仕事に携《たずさ》わっていることよ。私はデザイナーだから重たいものを運ぶことは稀《まれ》だけど、それでも建築作業は男の仕事じゃない。いい目でみられないのよね」

「そんなこと気にしませんよ。それに、私が作ろうと考えているお店には女性目線でのアドバイスもほしかったですし」

「女性目線でのアドバイス？」

「はい。是非《ぜひ》ともアドバイスがほしくって」

そうなんだよね。

私の作るお店には女性の目から見たアドバイスが必要なんだ。

アリゼさんや『山猫の爪』のみんなからもアドバイスはもらうけど、デザイナーからも意見をもらえるならこれ以上ないことだ。

「一体どんなアドバイスがほしいの？」

「お店作りのコンセプトは決まっているんです。その内装というか、棚《たな》とかの配置ですね」

「お店のコンセプトねぇ。どんなお店にするのかしら？」

「ズバリ、女性服専門店です！」

そう、私のお店のコンセプトは女性服専門店だ。

普段着からおしゃれ着、女性冒険者向けの革鎧《かわよろい》などまで取り扱うつもり。

それに女性服専門店ではないと取り扱いにくい商品もある。

それを売りに出さなければならないのだ。

「女性服専門店じゃないと売りに出せない商品ってなに？」

オプケーさんが不思議そうに聞いてきたので私はリュックの中からその品を取り出す。

まん丸くたたまれていたその品を広げて机の上に置いた。

そう、ショーツだ。

「これって……なに？」

オプケーさんが不思議がるのも仕方がないだろう。

この世界、ショーツがないのだ！

魔道車などの魔道具は発達しているのに、下着はみんなカボチャパンツ、ドロワーズなんだよ！

女神《めがみ》様が私に用意してくれた下着類には普通にあったから気がつかないでいた。

でも、店で見かけるのがドロワーズだけだったことに気がつき店員さんに聞いてみると、男性も女性もドロワーズしかはいていないそうだ。

ちなみに当然ブラジャーもないのでそれも取り出す。

この世界の女性たちはさらしみたいな布で胸を巻くのが一般《いっぱん》的な生活様式らしい。

でも、私がお店を持つからにはそんなの認めない！

ブラとショーツは広めてみせる！

私が熱く語ったのをみて引き気味なオプケーさんだったが、私が取り出してみせた試供品を身につけて態度を一変させた。

胸も苦しくなく、股間《こかん》も暑苦しくないと。

あと、私の作ったショーツはゴムを使っているので紐《ひも》で留める必要はない。

ドロワーズだと紐で留めているからなにかのはずみで紐がほどけることを心配しなくてよくなったようだ。

ちなみにゴムは普通に商業ギルドから買えた。

「これが一般販売されるのね！　どうして露店では売らないの？」

「え？　下着が露店で売られていたら恥《は》ずかしいじゃないですか。それもドロワーズみたいなぽっちゃりしたものじゃなく、ショーツやブラジャーみたいな体形が丸わかりなものを」

私だったらそんなものを露店では買わない。

ついでに言えば売りたくない。

なので、お店を持つことになったのは渡りに船とも言える。

「よし！　今回の仕事はいま入っている依頼が終わり次第《しだい》、最優先の仕事とさせてもらうわ！」

「いいんですか？　そんな勝手に決めて」

「いいのよ。それより実際のお店に行って内装の構想を練りましょう」

実店舗は確認していないオプケーさんとともに、私たちは買った店舗までやってきた。

うん、相変わらず綺麗な店舗だ。

「あなた、若いのにこんなお店を買ったのね」

「奮発しましたから」

「無理をしていないのならいいのだけど。とりあえず中に……」

「あ、その前に。オプケーさん、お店の前面の壁《かべ》を壊《こわ》して空間を作ることはできますか？」

「お店の前面の壁？　……そうね、四方の柱さえ大丈夫なら可能だと思うわ。どうして？」

「ショーウィンドウを作りたいんですよ」

「ショーウィンドウ？」

「このお店ではこんな服が売っているっていうのがわかるスペースですね。お店の内側からだけ出入りできるようにして、外側からは見えるだけにします」

「そうなると透明《とうめい》な壁が必要じゃない？　それだけ大きなガラスは曇《くも》りも激しくなるし高いわよ？」

「そこはご心配なく。タラト！」

私の命令を受けてタラトが糸を噴《ふ》き出した。

その糸は空中で固まり、透明な板となる。

今回は50センチ四方くらいでいいか。

「なに、その板は!?」

「タラトの糸で作った特製の板です。熱にも魔法にも強く透明性も高い。もちろん殴《なぐ》りつけても壊れません」

「そうなの？」

「試してみますか？　ケウコさん、お願いします」

「はい」

ケウコさんが両手剣を構え、地面に置かれたタラトの糸の板に狙《ねら》いを定める。

そして、一気に剣を振《ふ》り落としガンとものすごい音を鳴り響《ひび》かせたが、板には傷ひとつ付いていない。

うん、成功だ！

「はー、こんな板初めて見たわ」

「あまり驚《おどろ》かないでください。私のお店では至る所にこれを使う予定なんですから」

「わかった。なんだか面白《おもしろ》そうな依頼だね。でも、手を入れるところが多くなると工賃にも反映されるけどいいの？」

「そこは大丈夫です。商業ギルドから借りることも私の手持ちから払うこともできます」

「見かけによらずお金持ちってことか。じゃあ、思いついた案をじゃんじゃん出していくから採用するかどうか決めていってね！」

オプケーさんが出してくれた案は私の望み通りのお店を作るには必要な案ばかりだった。

下着コーナーとそれ以外のコーナーを物理的に分けることも提案してくれたし、店の中にもディスプレイコーナーを複数作るよう提案される。

動線もきっちり確保されていてさすがはプロって感じだ。

それに対して二階と三階はおまけ程度の改修で済ませることになった。

おまけと言っても窓は全部タラトの糸に取り替《か》えるし、お風呂《ふろ》も新品の大きい浴槽《よくそう》に取り替え予定。

寝室も主寝室の隣《となり》にある書斎兼執務室《しょさいけんしつむしつ》へつながるようにしてくれるらしい。

工賃もかなりな額になったけど、私たちはオーガを乱獲《らんかく》するだけでお金がいくらでも手に入るからね。

まずは手付金を支払い、実際の着工を待とう。

仕上がりは二カ月後、秋になるあたりを予定している。

早く私の城が完成しないかな。

内装の依頼も終わったら私たちが急いでやることもうない。

つまり、素材集めをするようになる前と同じ日常に戻《もど》るわけだ。

いまからオーガ狩《が》りに行くのは中途半端《ちゅうとはんぱ》な時間だから、冒険者ギルドに顔を見せに行くだけだけどね。

久しぶりにやってきたヴァードモイの冒険者ギルドは一層賑《にぎ》わっていた。

なにかあったのかな？

依頼掲示板を物色している人たちを避け、いつもの受付のお姉さんに話を聞いてみる。

「あら？　リリィさんたち。お久しぶりですね。遠征《えんせい》から戻られたんですか」

「はい、先日。それにしても、あの人だかりはなんですか？」

「ああ、あれ。護衛の募集《ぼしゅう》依頼です。冒険者ギルドから希少素材を買い取った商人たちが各々《おのおの》各地に持ち運ぼうとしているのですが、その護衛が見つからないでいるんですよ」

希少素材……私たちが狩ってきたモンスターの素材かな？

運ぶにしても大きなものが多いから目立つし重い。

護衛の冒険者にも相応《そうおう》の実力を求めているわけか。

でも、交易都市ヴァードモイだって常駐《じょうちゅう》している冒険者の数は有限、青階級までだとかなりの数がいるんだろうけど赤階級になると激減するらしい。

正確には赤階級の冒険者がヴァードモイを本拠地《ほんきょち》としていても、ほかの護衛依頼で出払っている時期だったようなのだ。

商人たちは赤階級の護衛を求め、冒険者たちは人数を揃《そろ》えるから青階級でも受けられるように交渉《こうしょう》しているとか。

まあ、銅商人の私には関係ないね。

「失礼。私の出した護衛募集はどうなっておりますかな？」

私が受付のお姉さんとおしゃべりをしていると、おじさんが横入りしてきた。

まあ、世間話をしていただけだから気にしないけど、感じの悪いおじさん。

「ええと、ジャガント商会からの依頼はまだ受理されておりません。やはり赤階級冒険者四人以上を必須《ひっす》とした条件では厳しいでしょう」

「なぜかね？　我《わ》が商会としては破格の待遇《たいぐう》をしているのだが」

「お言葉ですが、今日現在の赤冒険者護衛を雇《やと》う際の相場は一日四千ルビス、宿食事代別です。一日二千五百ルビス、宿食事代込《こ》みしか出していないジャガント商会では難しいかと」

「くっ……冒険者など金にしか興味のない荒《あら》くれ者どもか」

「そうお考えでしたら依頼を取り下げていただいても結構です。いまは赤冒険者が足りなくて困っている状況《じょうきょう》ですから」

「おのれ……ジャガント商会を敵に回したこと、後悔《こうかい》するぞ！」

おじさんは怒《おこ》って出ていっちゃった。

なんだったんだろう一体。

「はあ、ジャガント商会も先代まではよかったのですがね……」

「今代は凡庸《ぼんよう》……いや、才能がないな」

「言いますね、ケウコさん。でも、実際、ジャガント商会の売上高は右肩下《みぎかた》がりで推移しているとか。いまはまだ黒字だそうですが、赤字経営に陥《おちい》るのも時間の問題だと言われています」

ふーん、そうなんだ。

あれ、ヴァードモイに来るときの長距離《きょり》バスでわめいていたのもジャガント商会の跡取《あとと》り息子《むすこ》って言っていたけど本物なのかな？

ちょっと聞いてみよう。

「おそらく本物でしょう。常に青冒険者三人を従わせて歩くお山の大将だとヴァードモイでは有名です。リリィさんも関《かか》わらない方がいいですよ」

そうだね、関わり合いになりたくなんてない。

そのあとはこの一カ月でヴァードモイに起こっていた出来事を尋《たず》ねてみた。

特に大きな混乱はなかったらしいけど、オーガの角や牙《きば》を扱う職人たちには影響《えいきょう》が出たらしい。

私がヴァードモイに渡ってきてからずっと、安定して角と牙を供給していたのがストップしたため原材料が高くなったそうだ。

オーガの角からは投げナイフ、牙からは矢じりを作っているそうで、斥候職《せっこうしょく》の懐《ふところ》にダメージがあったのだとか。

なので、私には早くオーガ狩りを再開してほしいみたい。

狩るなと言ったり狩れと言ったり都合のいい。

まあ、角も牙も副産物だからどうでもいいんだけどさ。

そんなわけで再開したオーガ狩りは絶好調だ。

私ひとりでも安全に狩れたところに『山猫の爪』のみんなが加わってくれたことで回転数が早い。

オーガはあまり集団で行動しないから、仲間を呼ばれる前に倒してしまえば一度に相手をする数は数匹《ひき》で済む。

これもオーガ狩りが私にとって便利な点だね。

オークやゴブリンは群れるから……。

あと、ゴーレム系も群れないんだけど、こっちは私との相性《あいしょう》が悪いのでパスだ。

やっぱり無機物系のモンスターって槍《やり》みたいな突《つ》く攻撃《こうげき》には強いんだよね。

ゴーレムはそれじゃなくても硬《かた》いし。

ゴーレムを倒したければ核《かく》を破壊《はかい》すればいいんだけど、その核だって簡単に壊せるような場所にはない。

メイスのような打撃武器なら全体を壊しながら戦えるので便利なんだろうけど、私、女神様のメイスは小屋に置いてきちゃったんだよね。

あまり筋力もないし、盾を使いながらのメイスの打撃を想定できなかったから。

ちょっと考えが甘《あま》かった。

あのメイスも、ぶつかったところに激しい衝撃《しょうげき》を加えることのできる特別な武器だったのに。

無いものねだりをしても始まらないのでとにかくオーガ狩りだ。

森の中で索敵《さくてき》し、発見したらさっと倒して牙と角と魔石を回収、そのあと土に埋《う》めて燃やす。

それを繰《く》り返すだけの単純な作業でもある。

もちろん、互《たが》いに命がけの戦いである以上、気を緩《ゆる》めるような真似《まね》はしないんだけど。

それにしても、私がこの場所でオーガを狩るようになってから数百匹を倒しているけど、数が減る気配がない。

一体どういうことだろう？

「ああ、リリィ様は『混沌《こんとん》の渦《うず》』について知らないんですね」

「『混沌の渦』？」

ケウコさんに聞いたら、さも当然といわんばかりに答えが返ってきた。

どうやら、この『混沌の渦』というものがモンスターを生み出しているらしい。

詳《くわ》しく話を聞くと、『混沌の渦』は世界中のどこにでもあり、ひとつの『混沌の渦』からは一種類のモンスターしか生まれないそうだ。

私たちが狩り場にしているこの森から山一帯のどこかにはオーガを生み出す『混沌の渦』があるらしい。

じゃあ、その『混沌の渦』を破壊すればモンスターがいなくなるんじゃないかとも考えられたことがあったのだが、そうもうまくはいかなかった。

確かに『混沌の渦』を破壊することはできたが、数日後、少し離れた場所に新しい『混沌の渦』が生まれたらしい。

生み出す種族こそ破壊前の『混沌の渦』と変わらなかったが、より人里に近いところに『混沌の渦』が生まれてしまい、慌《あわ》てて破壊したそうだ。

その後、何回も試行した結果、『混沌の渦』の排除《はいじょ》は不可能という結果になった。

ただ、生み出される場所はコントロールできるため、なるべく人里離れた山林内に追いやっているらしい。

そして、その『混沌の渦』からはいまでも多数のモンスターが生まれているそうだ。

『混沌の渦』は決まった間隔《かんかく》でモンスターを生み出し続けるが、ある最低数を割ると一定以上のペースで減った分を補充《ほじゅう》するらしい。

補充されたモンスターも倒された場所付近に移動するため、モンスターの縄張《なわば》りが減ることはまずない。

逆に広がると減らすのは大変らしいが。

「じゃあ、私たちがオーガを倒し続けても総数は減らないんだ」

私が感じた率直《そっちょく》な意見をケウコさんに投げかけてみた。

すると、ケウコさんも苦笑いを浮《う》かべながら同意してくれる。

「そうですね、総数は減りません。増えすぎていた分の駆除《くじょ》はできたでしょうが、絶滅《ぜつめつ》までは不可能です。あと、定期的に間引かないと上位種が現れるため、それはそれで厄介《やっかい》なんですよ」

「上位種？」

「まあ、生み出されたばかりのモンスターが基本種とするなら進化したモンスターが上位種です。単純に強くなるほか、種族によってはほかの個体を統率するようにもなりますし、上位種を見つけた場合は速《すみ》やかに報告することを義務付けられています」

「なんだか大変なんだね」

「まあ、この近辺の森に上位種がいる可能性はないでしょう。毎日のように大量のオーガを狩り続け、『混沌の渦』もその補充だけで手一杯《ていっぱい》のはずです。問題があったとしても山の向こう側、一般街道《かいどう》がある方ですね」

「そっちは適切に間引かれているんじゃない？」

「だといいのですが」

……大丈夫だよね？

私たちは移動時間の関係でそっちまで行かないけど、あっちは勢力を伸《の》ばしていました、みたいなことにはなっていないよね？


冒険者ギルドで情報収集をしてから数日後、私たちは朝から冒険者ギルドに呼び出された。

一体どんな用事があるのかと思い受付に行ったら個室に通されてしまう。

よっぽど人目につきたくない依頼を受けさせたいわけだね。

「よく来てくれた」

個室で待っていたのはこの街の冒険者ギルドのギルドマスター。

名前は……なんだっけ？

商業ギルドばかり行くから忘れてしまった。

「申し訳ないが緊急《きんきゅう》のため用件から伝えさせてもらう。オーガの集落内部に緑冒険者が二十人以上捕《と》らえられている。彼《かれ》らを助け出してもらいたい」

「緑冒険者を……ですか？」

「ああ、そうだ。とある緑階級冒険者が同じ緑冒険者に声をかけ、三十人以上の集団でオーガ狩りに行ったそうだ。最初こそ調子よくオーガを倒せていたそうだが、だんだん武器が消耗《しょうもう》してしまい、十匹ほど倒した時点でほとんどの武器が使えなくなったそうだ」

うわぁ……。

それって日々のメンテナンスが行き届いていなかったってことじゃないかな？

それとも、オーガと戦えるような装備で行かなかったってこと？

どちらにしても、うかつだね。

「そのあと冒険者たちは逃《に》げ出したそうだが逃げ切れたのは三名のみ、数名がオーガに食われ、残りはオーガの集落へと連れ去られたらしい」

「まて、それを確認した者はいるのか？」

冒険者ギルドマスターの話を遮《さえぎ》るようにケウコさんが質問を投げかける。

でも、冒険者ギルドマスターはそれくらい予想していたみたいだ。

「逃げ出せた冒険者が残りの冒険者たちを集落に運んでいくオーガを見ていたそうだ」

「見ていただけか。助けようとは？」

「装備が消耗していて使いものにならないんだ。助けようがない」

まあ、それもそうかも。

見捨てたわけじゃなく情報を持ち帰ることを優先したんだね。

でも、どうして私たちにこの話が来たんだろう？

「今回この話をお前たちにしたのはほかでもない、そこのリリィが事の発端《ほったん》だからだ」

「私ですか？　どうして？」

「同じ緑冒険者のお前がオーガを毎日数十匹楽々倒してきていたんだ。人数さえ集めれば自分たちもできて当然だと思うのが冒険者という生きものなんだよ」

「それが私の責任だと？」

「そこまでは言っていない。だが、始まりはそこからだ」

失礼な！

私がオーガを倒していたのは事実だけど、私だって自分の実力を理解して戦っていたんだ。

身の程《ほど》をわきまえていない馬鹿《ばか》どもと一緒になんてされたくない！

「それで『山猫の爪』には彼らの救出依頼を……」

「断ります」

「なに？」

「そんな依頼受けません。いきましょう、皆さん」

私が席を立つと『山猫の爪』のみんなも席を立った。

それを見て慌てだしたのは冒険者ギルドマスターだ。

「お、おい！　私は『山猫の爪』に依頼を出そうとしているのだ！　なぜリリィの命令に従っている！」

「お言葉ですが街に滞在《たいざい》している赤冒険者の長期依頼受注状況は確認しておいた方がよろしいですよ？　私たち『山猫の爪』はリリィ様の専属護衛として雇われています。雇い主のリリィ様がこの依頼を受けないと判断したのですから私たちには選択権《せんたくけん》がありません。申し訳ありませんが、そう言うことです」

「それは困る！　いま、街にはほかに赤色冒険者がほとんどいない！　君たちに断られると……」

「それも仕方がありません。ただのオーガ狩りならともかくオーガの集落を襲《おそ》う、しかも、帰りは推定二十人以上の護衛対象を連れて逃げ帰るなど現実味がありませんので」

「……冒険者ランクの剥奪《はくだつ》を命じてもいいのだぞ？」

「ほう？」

冒険者ギルドマスターは『山猫の爪』の冒険者資格を脅《おど》しに使い始めた。

でも、それって……。

案の定、隣で話を聞いていた補佐役《ほさやく》の人がギルドマスターを止めようとし始めた。

「落ち着いてください、ギルドマスター！　それは明確なギルド倫理《りんり》規定違反《いはん》です！」

「それのなにが悪い！」

「彼女《かのじょ》たちは冒険者ギルドだけではなく商業ギルドとも深い関係があります！　商業ギルド経由で冒険者ギルド本部に連絡《れんらく》されたら……」

「あ……」

どうやらここの冒険者ギルドマスターは典型的な力尽《ちからず》くで物事をわからせればいいと考えているタイプみたい。

なんで決まり事があるのかまでは考えていないみたいだね。

「貴殿《きでん》のことは商業ギルドに報告させてもらおう。では、失礼する」

「ああ、お待ちください！　この依頼は⁉」

「雇い主が受けるのを拒《こば》んでいるのだ。当然、受けることなどできん」

緑冒険者たちには悪いけど、自分の力量を見誤った結果だから受け入れてもらいたいな。

さすがに自己責任の世界でしくじったときの後始末なんて取れないよ。

冒険者ギルドを出た私たちはその足で商業ギルドへと向かった。

そして、アリゼさん経由でプリシラさんとの面会を求める。

アリゼさんも私が怒っている様子を見ると、慌ててプリシラさんとの面会予約を取ってくれた。

「それで、リリィさんはなにを怒っているのかしら？」

「実はですね……」

私はプリシラさんに先ほど冒険者ギルドであったことをそのまま包み隠《かく》さず話した。

それを聞いたプリシラさんは頭が痛いといわんばかりに天井《てんじょう》を見上げる。

アリゼさんなんて頭を抱《かか》えているよ。

本当にどうしてくれようか。

「うん、まあ、事情はわかったわ。冒険者ギルドマスターの横暴については商業ギルド経由で冒険者ギルド本部に苦情を入れておきましょう。そうすれば、あちらでも動きがあるはず」

「わかりました。それで、今回の件はどうするべきでしょうか？」

「どうするべきか、と言われると助かる見込みがあるのなら助けに行ってもらいたいのが商業ギルドとしての本音ね」

「商業ギルドとしての？」

「商業ギルドは商売全般を取り扱っているけれど、冒険者ギルドから来るモンスター素材の売り上げも馬鹿にできないのよ。それに緑冒険者が一度に大勢いなくなると街に空白が生まれるわ。そこを裏社会の連中につけ入れられたくないというのもある」

「なるほど。じゃあ、助けに行くべきですかね？」

「そこが悩《なや》みどころでね。リリィさんが行く理由はないのだけど、『山猫の爪』だけを向かわせるとリリィさんの護衛がいなくなるでしょう？　そうなると、リリィさんを狙う連中が出てくるかもしれない。だから、リリィさんにも救出に向かってもらうしかないのよ」

結局、私が救出作戦に参加するのは決定事項《じこう》か。

私の真似をして突っ込んでいったみたいだから、多少の申し訳なさは感じていたんだよね。

そんなことを気にするような世界ではないのだろうけど。

「それじゃあ、冒険者ギルドに戻って依頼を受けることを伝えに……」

「行かなくていいわ。今回の依頼は商業ギルドから指名依頼で出したものとしましょう」

「いいんですか？」

「もちろん、あとから依頼費用を全額冒険者ギルドに補填《ほてん》してもらうけどね」

そこのところは商売人、しっかりしているようだ。

ちなみに依頼料は『山猫の爪』の四人に二十万ルビスずつ、私に危険手当として三十万ルビス、冒険者をひとり生還《せいかん》させるごとに一万ルビスのボーナスとなった。

そんなにもらってもいいのかが気になるところだけど、冒険者ギルドからむしり取ると言っているし大丈夫なんだろう。

それから、アリゼさんも私の護衛として参加することになった。

アリゼさん、相当強いとは聞いているけど大丈夫なのかな？

そして私たちは生き延びることができたという冒険者から集落の場所を聞き出し、救出に向かうことにした。

動き出すのに早いに越《こ》したことはないからね。

依頼を受けた私たちはなるべく最短ルートを通るようにして集落まで突き進んだ。

途中で何回もオーガに遭遇《そうぐう》したけど、そこは私たちがすんなり倒している。

魔石だけは回収しておかないと共食いが起こる可能性があるらしいので、魔石だけすぐに抜《ぬ》き取り土に穴を開けて焼き払う。

アリゼさん、打撃用のナックルと蹴撃《しゅうげき》用の脚甲《あしこう》と膝甲《ひざ》だけでオーガを屠《ほふ》っていくんだよね。

魔石も風魔法でオーガの体を切り裂《さ》いて取り出し、土魔法で穴を開けその中にオーガの死体を放《ほう》り込むとすぐに火魔法で死体を燃やしてしまう。

なんでこんな人が商業ギルドにいるんだろう？

ともかく、それを繰り返し進み、眼下にオーガの集落が見えてきたのは空が赤く染まった頃だ。

「あれがオーガの集落。結構大きいね」

「そうですね。私たちもオーガの集落は何度か襲ったことがありますが、ここまで大規模な集落は初めてです」

「そうなんだ。一気に襲う？」

「その前に下調べをしましょう。アクミ」

「まかせてー」

アクミさんが丘《おか》を駆《か》け下り集落がある森の中へと消えていく。

三十分ほど経《た》った頃、アクミさんが戻ってきた。

「集落の周りにいるオーガは二十匹ほどかしらー。中にいるオーガも含めると百匹以上の群れねー」

「オーガが百匹……上位種もいるでしょうね」

「間違《まちが》いなくいるな。規模が小さければリリィ様には見ていてもらうだけにしようと考えていましたが、そういうわけにもいかないようです」

「わかった。私はどう動けばいい？」

「まず、タラト様の糸で集落の外周を囲ってください。これ以上の増援《ぞうえん》を呼ばれても困ります」

「そうね。ほかには？」

「建物を破壊しない範囲《はんい》で広範囲に放てる魔法を何発かお願いします。それで弱ったオーガを私たちで討《う》ち取ります」

「了解《りょうかい》。それが終わったらタラトと合流して様子を見るわ」

「お願いします。それでは、行くぞ！」

『山猫の爪』のみんなが先行して森の中へと入って行く。

私とタラトはそのあとを追うように森の中へと入り、蜘蛛《くも》糸で周囲の木々の間を隙間《すきま》なく埋めていった。

途中、オーガに見つかりそうになったけど、叫《さけ》び声を上げられる前にタラトが口を塞《ふさ》ぎ、私が目から脳を貫《つらぬ》いて事なきを得た。

さすがはオーガの集落、密集している。

集落の周りを隔離《かくり》し終えたら私の魔法攻撃の番だ。

とはいえ、もう森を含めた集落の中は暗くなっており視界を保てない。

なので、最初は火属性の魔法を数発放って集落の中を明るくする。

「グルォォォ！」

「ゴロァァァ！」

さすがにオーガにも私たちが襲いかかってきたことがばれるけど、まあ気にしない。

集落の様子がよく見えるようになったのでオーガたちの様子も丸わかりだ。

小屋の中などからもオーガが飛び出してきていて本当に何匹いるかわからない。

うーん、さすがにこれは私たちでもまずいかも。

「ちょっと手加減なしの魔法をやっちゃいますか」

私はリュックから長いこと横に付けっぱなしだった杖を取り出し、魔力を集中させていく。

限界付近まで溜《た》めたところで魔力を雷《かみなり》属性に染め上げ天へと放った。

「サンダーレイン！」

天に放たれた私の魔力が雷の雨となってオーガの集落に降り注ぐ。

私の視界の中でもオーガが雷に打たれ、絶叫《ぜっきょう》をあげて倒れていった。

ちょっとエグい。

雷の雨が降り注ぎ終わると集落を動く影《かげ》はなくなった。

「……リリィ様、やり過ぎです」

「私も全力の魔法って試したことがなかったから……」

ケウコさんには呆《あき》れられたけどオーガは全滅したはずだし問題なし！

さて、魔石の回収と生存者の確認に向かおう。

魔石の回収はちょっとしたお宝の山をあさるようなものだった。

巨大《きょだい》な剣や杖なども見つかったからだ。

ケウコさんたちは「オーガキングも一撃ですか」とさらに呆れていたけど、楽をできたんだから問題なし。

死体はすべて炭になっていたから素材は剥《は》ぎ取れなかったけど、魔石は無事だったのでよし。

でも、体が炭になっても残る魔石とはなんなのか。

疑問は残るけど、いまは生存者の確認をして回らないと。

「この小屋は……外れか」

私たちは六人一緒になって小屋をひとつずつ見て回る。

最初に一番大きな小屋を見てみたんだけど、多少の財宝があっただけで生存者はいなかった。

いまもほかの小屋を回っているんだけど、なかなか連れ去られたはずの緑冒険者は見当たらない。

もう既に全員食べられたんだろうか？

「なかなか見つかりませんね」

「そうですね。どちらにせよ、集落はすべて探索《たんさく》して破壊する予定でしたが……」

「え？　破壊できるんですか？」

「主な建物を使えないようにするだけでしたらなんとか。オーガの小屋って、ほら……」

「ああ、岩で組まれているだけですからね」

岩でぎっしり組まれているならともかく、結構ぐらつく部分もある。

そういった場所を崩《くず》してやれば小屋も崩れるわけだ。

集落にはまたいずれオーガが棲《す》み着くだろう。

でも、建物が残っているかどうかで棲み着く数も変わるらしい。

今回の集落は手をつけずにいて長かったという予想。

あるいは発見されていなかったのかも。

「この小屋も無人」

「そうですね。ケウコさんどうしましょうか？」

「魔力感知で生存者を見つけましょう。彼らを救出して集落を破壊して回ります」

「わかりました。感知は私が……」

「リリィ様は先ほど魔法を使っていますし、ここは私に任せてくださいませ」

「では、トモアさんお願いします」

トモアさんに魔力感知をしてもらった結果、集落の外れにある小屋の中に魔力反応があることがわかった。

ほかに魔力反応がある場所はないため、生存者がいるとすればそこだけだろう。

その小屋に行くと、その小屋はどこにも出入り口がなかった。

小屋というより岩のかたまりだね。

でも、この中に魔力反応があるみたいだしどうしようか？

「……空気の流れがありますね。ここが入り口のようです」

「え、その岩が入り口？」

「おそらく捕らえている者たちが勝手に外へ出られないよう扉《とびら》として岩を使っているのでしょう。そうなると……トモア、土魔法で岩を押しのけることは可能か？」

「完全には難しいかもしれないけれど、人が出入りするだけのスペースは確保できるわ」

「では、それで。トモア、任せた」

「はい。大地よ！」

トモアさんが魔力を流すと地面が揺《ゆ》れ、岩が少しずつずれていく。

そして、人がふたり通れるくらいの隙間ができたところで岩も止まった。

「これくらいあれば大丈夫でしょう」

「そうだな。おーい、誰《だれ》かいるか？」

「……人の声？　どうなっているんだ？」

「私たちはギルドから派遣《はけん》された冒険者だ。この中にいるのはオーガに連れ去られた冒険者で間違いないか？」

「あ、ああ、そうだ。オーガはどうなったんだ？　さっき大きな音が鳴り響いていたが……」

「この集落一帯のオーガはすべて駆除した。いまのうちに逃げるぞ」

「本当か⁉　よし、お前ら、逃げる準備だ！」

小屋……というか岩穴の中から続々と冒険者たちが出てくる。

でも、なぜか全員全裸《ぜんら》だった。

男も女も下着さえ着けていないってどういうことなの？

助けた冒険者たちに話を聞くと、装備や衣服はここに来るまでの森の中ですべて剥ぎ取られて捨てられたらしい。

それらはすべて森の中に置き去りにされ、冒険者たちがこの岩の中に閉じ込められた以降見ていないという。

それから生存者の数は二十八人。

ここに連れてこられるまでの間に殺された冒険者がいるかは不明だという。

まあ、三十人近く助かっていいことなんじゃないかな。

「この小屋にもなにもありませんね」

「じゃあ、破壊しちゃおう」

「はい。リリィ様、お願いします」

生き残った冒険者たちは下着代わりにタラトの糸で局部を隠させた。

それから、傷の治療《ちりょう》はアリゼさんが回復魔法で行ってくれた。

私がやってもよかったんだけど、私が強力な回復魔法を使えることは商業ギルドとして隠しておきたいらしい。

軽微《けいび》な傷を治せることは緑階級に上がるときの試験でばれているんだけどね。

それが終わったら助けた冒険者たちを一カ所にとどめておいて勝手な真似をしないようにウヒナさんとトモアさんが見張っている。

私とアリゼさん、ケウコさん、アクミさんは集落の確認と破壊だ。

最初はケウコさんが不安定な岩を剣で切っていたのだが、それよりも私が魔法で吹《ふ》き飛ばした方が早いことに気がついた。

岩が崩れるときの音はどちらにしても響くので、魔法で吹き飛ばしても大差ないのだ。

なので、時間短縮のために私が吹き飛ばして回っている。

もう集落の建物の半分は崩壊《ほうかい》させたんじゃないかな。

「それにしても、オーガの集落ってほとんど物がないね。どうやって暮らしているんだろう？」

「オーガは上位種以外武器を使いません。体ひとつで生きていくため道具を使うという概念《がいねん》がないのです」

「なるほどねぇ。モンスターって不思議」

「オーガにとって武器は上位種の象徴《しょうちょう》ですからね。もちろん、お飾《かざ》りではありませんが」

私が魔法でまとめて炭にしてしまったオーガの中にはオーガナイトやオーガマジシャン、オーガキングが含まれていたらしい。

オーガが持つと片手で持てる剣がオーガナイトの装備、杖がオーガマジシャンの装備、両手剣がオーガキングの装備のようだ。

ただ、オーガキングがいるならオーガジェネラルがいないとおかしいらしいのだが、その武器が落ちていない。

くまなく集落を探した結果、オーガジェネラルは討伐《とうばつ》されていないことがわかった。

どこに行っているのかは不明だが、いまはそれを調べる時間もないので集落を壊し撤収《てっしゅう》する準備を整える。

撤収は日の出と共に行う予定なので、それまでは野営だ。

私は護衛対象なので出発するまでずっと眠《ねむ》るだけだが、ほかの冒険者はそうもいかない。

一応、森は蜘蛛糸の壁で囲まれているとはいえ空から襲ってくるモンスターには無力なのだ。

暢気《のんき》に寝《ね》ていたらそちらに殺される恐《おそ》れもある。

渋々《しぶしぶ》不寝番の順番を決めた冒険者たちは、それぞれ見張りについたり眠ったりし始めた。


翌朝、すっきりした顔で目覚めた私はこのあとの予定を確認する。

予定と言っても、このまま集落を離れてヴァードモイに帰還するだけだけど。

まあ、出発するときにも一悶着《ひともんちゃく》あったわけで。

「な⁉　俺《おれ》たちの武器がない⁉」

「当然だろう。私たちは救出を頼まれてここまで来たが装備を奪《うば》われて捨てられているのは想定外だ。私たちの装備を渡せない以上、ヴァードモイまでは素手で行ってもらうしかないな」

「俺たちは護衛対象だろう！　なら……」

「護衛対象ではあるがないものはない。それに一度私たちだけでヴァードモイまで戻り、お前たちの装備を冒険者ギルドから預かってくるか？　私たちの助けなしでこの場にいてまた襲われたらひとたまりもないぞ」

ここまで言われると反論できないみたいで大人しくついてきた。

というか、あいつって昔私のことをしつこくパーティに誘《さそ》っていたやつじゃないの？

こんなところでなにをしているわけ？

帰り道はタラトに全力で威嚇《いかく》してもらいながらだったので戦闘《せんとう》はなかった。

助けた冒険者たちがビクビクして歩いていたし、裸足《はだし》だったせいで時間はかかったけど閉門前にはヴァードモイまでたどり着けたよ。

まあ、ヴァードモイに入ってからも彼らの受難は続くんだけど。

なにせ、男は腰《こし》、女は胸と腰を糸で巻いただけの姿で夕方の人通りの多くなった街中を歩くんだから恥ずかしいなんてもんじゃない。

女性なんて肌《はだ》の露出《ろしゅつ》が多いんだから大変だろう。

私の知ったこっちゃないけど。

だって、オーガの集落には本当に鎧も服もなかったんだから。

そして、冒険者ギルドに着いたあと、最後の受難が彼らを待っていた。

「はぁ⁉　冒険者ギルドに一万ルビス支払えと⁉」

「はい。今回の捜索《そうさく》依頼でひとり救助するのにあたり一万ルビスを支払う約束となっていました。救助依頼の費用は緊急だったため冒険者ギルドで負担いたしますが、保護した冒険者に対する救助費用は各冒険者に負担していただきます」

「そんなことを言われてもそんな大金はない！　装備や服、荷物だってオーガに奪われたんだぞ！

それなのにそんな支払いができるはずないだろう！」

「そこについてはご心配なく。今回の救助にかかった一万ルビスのほかに一万ルビスを貸し出します。それで新しい装備や道具を買いそろえて冒険者ギルドに返済してください。逃げても冒険者ギルドのネットワークで見つけますので逃げようなどとは考えないように」

「そ、そんな……」

助かった冒険者たちは全員うなだれているね。

命が助かったと思ったら合計二万ルビスの借金がついてきたんだもの。

でも、二万ルビス程度で命が救われたんだから感謝してほしい。

それから私につきまとっていた男なんだけど、関係者全員に事情聴取《ちょうしゅ》をした結果、あいつが今回の騒動《そうどう》の発端だったらしい。

私が白階級の頃からオーガ退治で儲《もう》けているのを知っていたあいつは、ほかの緑冒険者たちに声をかけて回ったようなのだ。

結果として今回の騒動が発生し、冒険者ギルドにも多額の損害を与《あた》えた。

その責任……というわけではないのだろうけど、あいつは黒階級に降格、今後五年間は昇級試《しょうきゅう》験を受けられないことになった。

どっかで逆恨《さかうら》みされないかなぁ……。

その後、オーガの集落を襲ってから一週間が過ぎた。

冒険者ギルドではオーガキングがいたのにオーガジェネラルがいなかったことが問題視されているようだが、私たちのところまで話はきていない。

前回冒険者救出の際にも話がこじれたのに、また呼び出すほど厚かましくもないようだ。

ただ、オーガジェネラルほどの相手となると青冒険者数人で相手をしないと歯が立たないため、どのように捜索するかで頭を悩ませているらしい。

以上、受付のお姉さんからの情報でした。

「つまり、私たちにまた依頼が来る可能性もあるんですか？」

「うーん……一受付が言うのもなんですが、かなり可能性は低いのですがあり得ます。一応冒険者には冒険者ギルドへの協力義務がありますから」

「でもそれって差し迫《せま》った脅威《きょうい》があるときだけですよね？」

「それを使おうとして止められているらしいんですよ、うちのギルドマスターは……」

ああ、あの脳みそ筋肉。

力尽くでなんとかなると思っているから冒険者規約の解釈《かいしゃく》もねじ曲げようとしているのか。

でも、協力義務って例外事項があったよね。

「あの、護衛依頼を受けている冒険者は護衛を優先してもいいって例外規約もありましたよね？」

「ありますね。なので、リリィさんを冒険者規約で縛《しば》って調査に向かわせようとしているみたいです。ですが……」

「そもそも、冒険者ギルドへの協力義務が発生するのは青階級以上のみ」

「そこも理解していないようなんですよ……」

緑階級までは旅商人などが自衛手段を覚えるために取得するケースもある。

なので、緑階級より下の冒険者には協力要請《ようせい》はできても従わせることはできないのだ。

それに、私は銅商人。

緑冒険者である前に銅商人であることが優先されるため、協力要請を断っても問題ない。

ギルド資格を剥奪されても身分証としてはテイマーギルドと商業ギルドの資格が残る。

冒険者ギルドにも預金口座を開設できるのだが、私は商業ギルドで開設してそちらでしか使っていないので没収《ぼっしゅう》する財産もない。

要するに、あのギルドマスターがなにを言おうと私はそれを無視できるわけだ。

私たちに利益があるなら手伝うけどね。

「ギルドマスター、オーガキングの剣を冒険者ギルドに渡さなかったことも根に持っているみたいなんですよ。オーガナイトの剣やオーガマジシャンの杖はそこそこ手に入りますが、オーガキングの剣なんてレア中のレアですからね」

なんでも、オーガキングであってもオーガキングの剣を持っているかは定《さだ》かでないらしい。

なんで持っている個体と持っていない個体の差があるのかもわかっていないが、オーガキングの剣を持っている個体の方が数倍強いらしいのだ。

私は魔法でまとめて倒してしまったから知らなかったんだけど、あとからケウコさんたちに聞くと四人全員でオーガキング一匹を相手にしても剣持ちでは勝てるかどうかわからなかったという。

それほどまでに剣持ちのオーガキングは強いみたい。

なので、その剣も希少性もあるし武器としての性能も優《すぐ》れているということで、高値で取り引きされているとか。

私にはもっとやりたいことがあったので売らなかったけど。

私がやりたかったことはオーガキングの剣を使ってケウコさんの剣を更《さら》に強くできないかという実験だった。

テイサさんができないなら改めて売れればいいし、できそうなら試してもらいたかったのだ。

生産職のスキルに『装備融合《ゆうごう》』というものがあり、それを試してもらうことにしたのだ。

そして、結果は強化できた。

ケウコさんの剣は私のエンチャントも含めて恐ろしい切れ味を誇《ほこ》る剣となっている。

ついでに所有者認証みたいなことがエンチャントでできないか試してみたところ、それもできた。

エンチャントをした私と使用者として登録したケウコさん以外が持つと持ち上げることさえ困難なほどの重さになるのだ。

実際の重さは変わらないのだけど、便利なエンチャントを開発してしまった。

ほかのみんなの装備もできてきているし、私たちの強化は完璧《かんぺき》だね。

冒険者ギルドの状況としてはそんなところらしい。

また私たちが巻き込まれそうになったらプリシラさんに助けてもらおう。

あちらにも利益が出ているみたいだし、まあ大丈夫だろう。

冒険者ギルドの話が終わると別の話を始める。

オーガに捕らえられていた冒険者たちのその後についてだ。

私も毎日冒険者ギルドに出入りしているからわかるんだけど、あの時助けた冒険者たちの顔を見ない。

冒険者ギルドに借金がある以上、遊んでいるわけじゃないと思うのだがどうなんだろう？

「ああ、それですか。ちょっと困ったことになっていて」

「困ったこと？」

「彼らに店が装備を売るのを渋っているんですよ。正確には値段をつり上げようとしています」

「値段のつり上げ。なんでまた？」

「だって、服すら着ていないあんな惨《みじ》めな恰好《かっこう》で帰ってきてすぐに装備を探し始めるんです。なにか理由があると思うのは当然でしょう。そこに商機を見いだした商人が装備の価格を上げ、ほかの商人も追随《ついずい》しました。結果として、緑冒険者が買うような装備は普段の倍近い値段になっています」

装備を買わなくちゃいけないことがわかっているから値段をつり上げるのか……。

商売としては正しいのかもしれないけど、あまり好きじゃないなぁ。

「黒冒険者が使うような装備で妥協《だきょう》した冒険者もいますが、その程度の装備では黒階級のモンスターとしか戦えません。上の階級のモンスターと戦うにはそれなりの装備が必要です。それがわかっている人たちは商人の方が折れて値段が下がるのを待っているんですよ」

「なるほど。意地の張り合いと」

「わかりやすく言えばそうなります」

なんだかなぁ。

もうちょっとうまくできないものか。

将来への投資として売るとかさ。

「それでリリィさんに質問なんですが、『山猫の爪』の皆さんってどこで装備を調《ととの》えているんですか？　少なくともオーガキングの剣を加工できる鍛冶師《かじし》なんてこの街にいると聞いたことはないのですが」

ああ、テイサさんとハノンさんのお店を知らないのか。

奥まった場所にあるし積極的に売り込みをしているわけでもないみたいだから仕方がないのかも。

いい機会なのでテイサさんとハノンさんのお店『溶鉄《ようてつ》の輝《かがや》き』を冒険者ギルドに売り込んでおいた。

値上げしているかはわからないけど、緑階級までの武器なら一通り揃うって触《ふ》れ込みで。

だけど、受付のお姉さんはそれだけでは満足できないようだ。

「うーん、鍛冶師と木工・彫金師《ちょうきんし》ってことは武器と盾くらいしか買えないですよね？」

「そういえば、テイサさんのお店で鎧を見たことがないね」

「金属鎧があったとしても買えないでしょう。予算は一万ルビスを下回っているんですから」

冒険者ギルドが貸し付けたのは一万ルビス。

でも、一週間の生活費があるから予算はそれ以下ってことか。

世知辛《せちがら》いね。

「革鎧が買えるお店に心当たりはありませんか？　さすがに緑階級モンスターに鎧なしで挑《いど》むのは死ににに行くようなものです」

革鎧かぁ。

あるんだよねぇ。

「売り主は問わないの？」

「よほど出所が怪《あや》しいものでなければ。あるんですか？」

「私が作ったのでよければあるよ」

「え？」

「私、魔法裁縫士だから革製品も作れるの。それで修練の一環《いっかん》として革鎧とかも作ったんだよね。それでよければ提供するよ。もちろん、私の魔法印は入ってる」

「品質はどのような感じでしょう？」

「ひとつ取り出すからそっちで確認してみて」

私はリュックからここ数日の間に作っていた革鎧を取り出す。

それは胸の部分を盛り上げた形の……わかりやすく言えば女性用革鎧だ。

魔法裁縫で作っているので、サイズが多少合わなくても着れば調整される。

普通の革鎧だと胸が締《し》め付けられて痛いそうだから作ってみた。

「え？　胸の部分を盛り上げた革鎧ですか？」

「そう、女性用の革鎧。いまはこの形しか作ってないけど男性用も必要なら作るよ」

「ふむ……作りもしっかりしていますね。革は……フォレストリザードでしょうか。確かに緑階級なりたてで扱うにはぴったりの一品です」

「最初からその辺目当てで作っているからね。簡単に手に入った革がフォレストリザードだったというのもあるんだけど」

「わかりました。これを……二十買わせていただきます。ひとつ当たり四千ルビスでどうでしょうか？」

四千ルビスか。

革の使用量から考えると素材の原価は千五百ルビスくらい。

うん、悪くない。

「いいよ。でも、手持ちは十しかないから残りは明日納品でお願い」

「急がなくてもいいですよ。装備を失った冒険者の中に女性は十人もいませんし。将来緑階級になる女性冒険者向けの投資です」

「わかった。でも、材料さえあれば作るのはすぐだから明日持っていくよ」

「はい。とりあえず今日の納品分を精算いたしましょう」

この受付のお姉さんと話をしていると話が早くて助かる。

でも、この人の一存で鎧の購入なんてしてもいいんだろうか？

冒険者ギルド側の事情だし、あえて首は突っ込まないけど気になる。

革鎧は男性用も用意することになり、合計三十売れた。

男性の方が少しばかり値上げさせてもらったけど仕方のないことだ。

私は女性なので女性を応援する。


冒険者ギルドとの取引を終えて、完成した装備を取りに行くなどして数日後、今日やってきたのは商業ギルド。

アリゼさんと一緒に個室で商談だ。

「リリィ様、なにか変わったものでもお作りになりましたか？」

「変わったものというか……この国って女性用下着がないですよね？」

「この国というより、この付近の国々すべてで存在しておりません。それがなにか？」

「それを解消するための下着を持ってきました」

私がリュックから取り出したのはブラジャーとショーツ。

一般的な形のブラジャーとショーツだ。

前にも言った気がするけれど、この世界にはどちらも存在していない。

女神様が用意してくれた服にはあったけど、それだけのはずだ。

実際、これを取り出したときのアリゼさんもどう反応すればいいのかわからないでいるし。

「あの、これは？」

「この胸の膨《ふく》らみの形になっている下着がブラジャー。見ての通り胸を締め付けるのではなく支えあげ、包み込むようにして作られています。いままでのように、布で巻いて潰《つぶ》すといった生活からは解放されますよ」

「なるほど。ですが、こちらのものは……」

「そちらはショーツと言います。見ての通り腰にはく下着、ドロワーズの代わりですね」

「えっと、形をみればなんとなく用途《ようと》はわかります。ですが、その……破廉恥《はれんち》では？」

そう、この世界で女性が生足を晒《さら》すのは破廉恥な行為《こうい》となっているのだ。

なので、夏真っ盛《さか》りないまでも全員長ズボンかくるぶし丈《たけ》のスカートをはいている。

私は気にせず膝下《ひざした》丈のスカートにガーターベルトにガーターストッキング代わりの膝上まであるソックスをはいているけどね！

「アリゼさん、見えないところの服を代えるだけですから破廉恥ではありません。それに、夏場は

ドロワーズだと蒸《む》れますよね？」

「うっ、それは……」

「ショーツだとその点もある程度改善されますよ？　そちらは試供品として差し上げますので試しに使ってみてください。明後日《あさって》、結果を聞きに来ますから」

そう言って私は席を立つ。

ブラジャーとショーツの魔力に堕《お》ちるがいい！

＊

約束の日、商業ギルドを訪れたらアリゼさんが入り口で待ち構えていた。

どうしたんだろう。

一言二言あいさつを交《か》わすとすぐさま個室へと移動することになった。

そして、出てきた話題はやはりショーツとブラジャーについてだ。

「なんなんですか、あの下着は！　胸を押さえつけるどころか持ち上げることで楽になりました。ショーツもはくまでは勇気がいりましたが、いざはいてみると肌触《はだざわ》りがよく、紐で締め付けもしないので快適です。一体どんな魔法を込めているんですか？」

「魔法というか、エンチャントはかけました。ブラジャーには【通気性上昇】と【肌触り良好】を、ショーツには【汚染防止《おせんぼうし》】と【消臭《しょうしゅう》】です」

「【汚染防止】と【消臭】……」

「下着が汚《よご》れていたり臭《くさ》かったりするのは嫌《いや》ですよね？」

「はい。その通りです。それで、ショーツはスカートの中なのでばれませんでしたが、ブラジャーは出勤してすぐ同僚《どうりょう》にばれました。私だけ胸を押さえつけず、胸の形がはっきりしているのですから当然です」

「ですよね。何枚必要ですか？」

「初めから売る目的で来ていたんですね」

「商人ですから」

私は銅商人、儲けが出そうにないことはしない。

いや、魔法裁縫の修練の傍《かたわ》らというのもあるけど。

「ブラジャーはたくさんいります。商業ギルド中の女性職員全員が欲《ほ》しがっていますから」

「そこまでですか。とりあえず五十枚はあるんですが……足りませんよね？」

「まったく足りません。商業ギルドは女性職員の数も多いんです。替えの分を考えるとひとり五枚はほしいです。あと、人によってサイズも違うのでサイズ違いも作ってください」

「わかりました。これが終わったら冒険者ギルドに売り込みに行こうかなと考えていましたけど、商業ギルドの売り込みが終わってからにします」

「ありがとうございます。それからショーツも話しましたが、こちらは賛成派が四割、反対派が六割といったところです。とりあえずある分だけ売ってください。反対派にもはかせて利便性を知らしめてみせますので」

うーん、アリゼさんがショーツ信者になってしまった。

結局、ブラジャーもショーツも大量にお買い上げいただくことができ、いい売り上げになったよ。

ブラジャーとショーツの新案登録も済ませたから、作りたい人は商業ギルドから図面を買うこともできるが、買わずに模倣品《もほうひん》を作れば商業ギルドから摘発《てきはつ》されることだってある。

うーん、知識チートは使えないかと思っていたけど、思わぬところで使えてしまった。

ちなみに、余談。

「どうして商業ギルドばかり優先して冒険者ギルドには回してくれないんですかぁ!?」

商業ギルドの分が回りきったあたりで冒険者ギルドにも話が入ってきたらしく、受付のお姉さんから泣きつかれた。

冒険者ギルドの職員にも売ってあげることを約束したら落ち着いたけど、私、銅商人だってことを忘れられてないよね？

基本、商業ギルドが優先だよ。

体験もしてもらっているし。

ブラジャーとショーツは各ギルドで大騒《さわ》ぎになったけど、一週間ほどで沈静化《ちんせいか》した。

受付係は男どもの視線が胸に突き刺《さ》さるようになったと言っていたけど、仕方のないことだろう。

メロンな受付係もいたんだから……。


そんな日々を過ごし、私がなにをやっているかというと型紙作り。

シンプルなワンピースではなく、ちょっとオシャレなブラウスだ。

普段はこんなおしゃれ着を作らないのだけど、今日だけは別。

普段の修練の甲斐《かい》があってスパイダーシルクも遂《つい》に魔法裁縫で扱えるようになったんだ！

普通の布のように一回で一着の服はできないけれど、そこは素材が潤沢《じゅんたく》に使える私、素材の消費量なんて気にせずに作れるのだ！

「型紙完成！　いよいよ魔法裁縫に取りかかるよ！」

私は型紙とスパイダーシルクを手に取り、魔法裁縫のスキルを発動する。

するとスパイダーシルクの量が減り、作りかけのブラウスと型紙が出てきた。

いまの状態だと三回くらい魔法裁縫を行えばブラウスになるかな？

「それでは続きをいってみよう！」

そのあとも魔法裁縫を試した結果、一回失敗して合計五回でブラウスが完成した。

フリルなどもついた可愛《かわい》らしいブラウスだ。

でも、いまは絹糸一色。

だけど、私には女神様からの贈《おく》りものがある！

「万能《ばんのう》染色剤《ざい》！　出番だよ！」

女神様が用意してくれた裁縫セットの中にあった染色剤。

これが自分の好きな色を作り出せる染色剤だったんだ。

使い方は簡単、自分の使いたい色をイメージしながら、染めたい部分に触れるだけ。

パーツそのものが一斉《いっせい》に染まっちゃうのが難点だけど、好きな色に染まるというのは魅力《みりょく》的だ。

しかも、この染色剤、なくならない。

私が使い続ける限り無限に好きな色を染め続けることができるのだ。

チートの香《かお》りがプンプンと。

私は袖口と襟を薄《うす》いピンク、それ以外をオレンジ色に染め上げたブラウスをみて、これからどうするかを考えてみる。

本当なら真っ先に袖《そで》を通して街の中を出歩きたいけど、それはやめた方がいいだろう。

こんな上質な絹でできた服を着て街を歩き回る少女なんて、狙ってくださいと言わんばかりの獲《え》物《もの》そのものだ。

いくら護衛がいても危ないものは危ない。

それに私のそばには目立つタラトがいる。

泊《と》まっている宿だって決まっているんだから宿の従業員を人質《ひとじち》にするかもしれない。

そう考えると、私が着て歩くのはなしだね。

さて、そうなるとどこに行くのかと言えば、もちろん商業ギルドのアリゼさんの元である。

アリゼさんは私が目標としてスパイダーシルクの服を作りたがっていたことも知っているから大丈夫だろう。

なので、翌日、早速アリゼさんの元を訪ねてみた。

「できたんですね、スパイダーシルクの服」

「できちゃいましたね。どうしましょうか、これ」

「袖を通さずに持って来てくれたのは英断です。こんなものを着て歩く商人なんていません」

やっぱりそうかー。

防御力《ぼうぎょりょく》の観点からみても肌触りからみてもスパイダーシルクって裏地にぴったりなんだけどな。

それを話したら「ばれなければ構いません」とお許しが出た。

さて、問題はこのバレバレな服。

アリゼさんが言うには、ここまで鮮《あざ》やかな染色が施されたスパイダーシルクというのも貴重品なようだ。

私はいくらでも作れると教えたらさらに頭を抱え込んだけど。

アリゼさんは私に染色しない状態のブラウスも作るように指示してきたので、それも作ってしまう。

それを丁寧に折りたたんで持ったアリゼさんは商業ギルドマスターであるプリシラさんに会いに行くようだ。

うーん、大事の予感。

しばらくすると頭を抱えた様子のプリシラさんがアリゼさんとともに戻ってきた。

やっぱり、スパイダーシルクの服は厄介ごとの種だったようだ。

「少しぶりね、リリィさん。ブラジャーとショーツはありがとう。私もありがたく使わせてもらっているわ」

「それはなによりです。それで、その服ですが……」

「そうね、その話をしましょう。結論から言うと、この服を平民が着るのはまずいわ。スパイダーシルク自体お金のある商人しか買わないのに、それでできた服なんてよほどの大富豪《ふごう》か貴族の着る代物《しろもの》よ。いくらリリィさんが自作できるといっても着ることはお勧《すす》めできないわ」

やっぱり。

女神様の服の方が上質だから半ば諦《あきら》めていたけど、やっぱり自分がデザインした服も着たいんだよなぁ。

なんとか誤魔化《ごまか》せば着れるだろうか？

「それで、この服だけど、サイズは小さくもなるのよね？」

「はい、多少なら。魔法裁縫ですから」

「それなら私と一緒にヴァードモイ侯爵《こうしゃく》のところに行きましょう」

「ヴァードモイ侯爵⁉　お貴族様のところですか⁉」

「ヴァードモイ侯爵は民《たみ》を大事にする貴族だから平気よ。あなたのことは前から興味を持っていて人を使って調べさせていたはずだわ」

知らなかった。

後ろを振り向けば『山猫の爪』のみんなも知らないと首を振るから相当な腕利《うでき》きが情報を集めていたんだろう。

これ、怖《こわ》くなってきたかも。

「あなたもスパイダーシルクの服を作れるようになったのなら貴族の後ろ盾《だて》を持つべきね。ただの個人商人で通用する腕前じゃないわ」

「あの、それってどんな制限がつくのでしょう？」

「ヴァードモイ侯爵なら無理は言わないでしょう。あえて言えば、あなたにしかできない急ぎの仕事を回されるかもしれないくらいね」

うーん、メリットは貴族の後ろ盾が手に入り妨害《ぼうがい》を受けにくくなること、デメリットは貴族の仕事を優先する場合があることか。

……仕方がない、諦めよう。

「わかりました。ヴァードモイ侯爵に会いにいきます」

「ありがとう。すぐに面会の使者をだすからしばらく待っていて」

私は楽しく服作りをしていただけなのに話が大きくなってきてしまった。

うーん、これは解毒《げどく》とかのエンチャントを使うのも制限した方がいいよね。

絶対、お貴族様の間で奪い合いになる。

私は自由に商売がしたいんだ！

しばらく経ってプリシラさんが戻ってきた。

ヴァードモイ侯爵とは午後から面会の予約が取れたらしい。

お茶会や食事会ではないので最低限のマナーができていれば問題ないと言うが、私たちにはそれすらも怪しい。

待っている間にマナーも教えてもらうことにした。

マナーを学びながら待つことしばし、ヴァードモイ侯爵邸《てい》へ向かう馬車の準備が整ったということなので、馬車止めへと向かう。

商業ギルドが保有している馬車の中でももっとも高価な馬車を使うようだ。

ヴァードモイ侯爵邸に向かうのは私とタラト、プリシラさん、アリゼさん、『山猫の爪』の四人の合計七人と一匹。

事前にタラトを連れていくことの許可も取ってくれていたらしい。

できる女は違う。

普段は近寄ることすらない貴族街へと馬車は入っていき、その中でももっとも大きな屋敷の前で停車した。

ここがヴァードモイ侯爵邸のようだ。

「リリィさん、覚悟《かくご》はいい？」

覚悟なんてできてません！

ただ作った服をどうするか相談しに来ただけなのに、いきなり街を治める貴族と面会だなんて急展開過ぎませんか⁉

うー、すごい緊張する。

きちんと話せるだろうか……。

ヴァードモイ侯爵邸にやってくると応接間へと通された。

ちなみに私の装備は馬車の中でリュックにすべてしまっている。

銅商人が護衛を引き連れている限り、街中で武器を持ち歩いていなくても不自然ではないという判断だ。

その護衛の『山猫の爪』のみんなは入り口で装備を預けていた。

エンチャントのせいで装備の重量がありすぎて運ぶのに苦労していたが……。

お茶を飲みながらヴァードモイ侯爵の到着《とうちゃく》を待っているとドアがノックされ、いよいよヴァードモイ侯爵がやってきた。

私たちはソファーから立ち上がりお辞儀《じぎ》をする。

「よい。面《おもて》を上げよ」

許可が出たので姿勢を戻すとヴァードモイ侯爵たちの姿がそこにはあった。

目の前にいたのは三人。

男性と女性と女の子。

男性がヴァードモイ侯爵で女性がヴァードモイ侯爵夫人だろう。

少女は娘《むすめ》さんかな。

「ヴァードモイ侯爵、本日はお時間をいただきありがとうございます」

「うむ。まずは座ろうか。遠慮《えんりょ》せずに腰掛《こしか》けるといい」

「はい。それでは失礼して」

全員が席に着き、私たちが自己紹介をしてから今日の用件を話し始める。

でも、娘さんの意識はずっとタラトに向きっぱなしだ。

大きい蜘蛛っていうのが珍《めずら》しいんだろうね。

タラトの顔ってデフォルメされたような感じになっているし。

リアルなままだったら私も泣いた。

「……以上のような経緯《けいい》を持ちまして、ヴァードモイ侯爵にはこちらのリリィの後ろ盾となっていただきたく申し上げます」

「ふうむ。本当にスパイダーシルクから服を作れる程の魔法裁縫士であれば、我が家の後ろ盾を与えるべきだろう。ほかの貴族家に取られるわけにはいかぬ」

「それでは……」

「だが、それが本当だったときの話だ。商業ギルドマスターのことは信じているが、まだ年若いエルフがそこまでの技術を持っているとは信じられぬ」

「それでしたら実演させてみせても構いませんか？」

「そうだな。その方が話は早い。道具は？」

「彼女のリュックの中に一通り。リリィさん、スパイダーシルクでの服作りの準備を」

「はい、わかりました」

私はリュックの中から次々と道具を出していく。

布は半端になっているからもう一巻き用意しておかなくちゃ。

道具が揃ったらいよいよ実演。

いままで通り布と型紙に魔力を通して服を形作っていく。

今回は失敗が少し多く、六回でブラウスが完成した。

「いかがでしょう。実際にブラウスが完成するところをご覧になって」

「うーむ、どうやら商業ギルドマスターの話は本当のようだ。よかろう、彼女の後ろ盾は私がなろう」

「ありがとうございます。これで後顧《こうこ》の憂《うれ》いを絶てます」

「そうだな。ところで、そのブラウスだが売ってはもらえぬか？」

「え？　これをですか？」

「ああ、そうだ。そこにいる次女のベルンにはまだ大きいが、私にはいま王都にいる長女のコウがいるのだ。あれが帰ってきたときの贈りものにしたい」

「わかりました。色は何色にしましょう？」

「なに？」

「私、万能染色剤を持っているんです。お望み通りの色に仕上げることができます」

「いや、ブラウス一枚に万能染色剤を使ってしまっては高すぎる。このままでよい」

「そうですか……わかりました。今後、なにかご用命の際は色もご指定ください。望み通りの色に染め上げますので」

「わかった。わかったが、いいのか？　万能染色剤をそんなに使って」

「私の万能染色剤は特別製で、私が使う限り量が減らないんです。ですからお気軽にお申し付けください」

「……なるほど、私の後ろ盾が必要になるわけだ」

「ご理解いただけましたでしょうか？」

「嫌というほどにな。確か、リリィは街中に店を建てていたな。そこに私の後ろ盾を示す紋章《もんしょう》をつけるように届けさせよう。そうすれば馬鹿なことを考える者もおるまい」

「ありがとうございます。リリィはなにかと不用心ですので……」

私ってそんなに危なっかしいだろうか？

ともかく、大貴族様の後ろ盾も手に入った。

あとは店舗の完成を待つだけかな？

エピローグ　完成、リリィのお店『蜘蛛の綿雲』！

ヴァードモイ侯爵《こうしゃく》に会った以降は特に大きなイベントもなく一カ月が過ぎ去った。

どこからともなく私がブラジャーとショーツを作っていることがばれ、それを作ることになったが販売《はんばい》は商業ギルドを通じてのみ行っている。

だって、女性用の下着を露店《ろてん》で売るとか嫌《いや》だ。

そのついでに、私が作った服も商業ギルドの直売所で売ってもらっている。

手数料は取られているが、私が露店を開かなくていい分、楽だ。

というか、アリゼさんから「銅級商人が本拠地《ほんきょち》の街で露店なんて出さないでください」と釘《くぎ》を刺《さ》されているためでもある。

残念。

そして、待ちに待った私のお店の引き渡《わた》し日がやってきた。

朝から行っても大丈夫《だいじょうぶ》だということなので、朝食を食べたらすぐにお店へと向かう。

お店の前では工務店のオーナーが待っていてくれた。

「おはようございます。オーナー自ら待っていてもらって済みません」

「いえ、こちらこそ。ヴァードモイ侯爵お墨付《すみつ》きの店を担当したとなれば、我《わ》が社に箔《はく》がつきます」

「それならよかったです。中を確認《かくにん》……する前に、こちらのスペースは?」

私のお店の隣《となり》になにか駐車《ちゅうしゃ》スペースみたいなものができていた。

ここは空き地だったはずなんだけど、どうしたんだろう?

「そちらのスペースは侯爵様からのご厚意《こうい》で作られた駐車場です。かなり大型の魔道車《まどうしゃ》を停《と》めることが可能となっております。他都市に向かう際、利用する車を用意するため必要だろうとのことでした」

うーん、ほかの街に行くことなんて考えていなかったんだけどなぁ。

侯爵様のご厚意ともなれば断るわけにもいかないだろう。

ありがたく受け取っておいて、車はあとから買おう。

駐車場の説明を受けた私たちは店内に案内される。

そこには備え付けの棚《たな》や頼《たの》んでいたテーブルなど思い描《えが》いていたお店の内装がすべて揃《そろ》っていた。

この工務店、できるじゃない。

「依頼《いらい》にあった内容はすべて備えさせていただきました。店内の照明もご要望通り、間接照明かつ明るく仕上げております」

「ありがとうございます。奥《おく》の部屋を確認してもいいですか?」

「ええ、もちろんです」

私は奥の部屋、女性用下着や肌着《はだぎ》などの専用スペースとなる予定の部屋へとやってきた。

手前の店内に比べれば狭《せま》いけれど、こちらもそれなりに広い。

天井《てんじょう》には採光窓もつけられていて、ある程度の開放感は保っているのだ。

本当はマジックミラーみたいなもので外の様子を見られればいいんだけど……そこまでやってしまうと恥《は》ずかしいか。

それから店内の各所には大きめの鏡が設置してある。

試着室には姿見も用意した。

これらの鏡はヴァードモイでも高級品だけど、なんとか揃えることができた。

姿見は念のためタラトの糸で固定してある。

ないとは思うけど防犯のためだ。

鏡側も見えない糸で補強してあるから、普通《ふつう》の手段じゃ割れない。

あと、バックヤードも完璧《かんぺき》。

商品を種類別に仕分けてしまっておける棚や布などをしまっておくケースなど、これらもすべて用意してもらってある。

一階は完璧だね。

次に二階に上がってみると、階段のすぐそばに応接間がある。

元々はなかった部屋だけど、商談などがあった場合、用意しておいた方がいいだろうということで作ってもらったのだ。

調度品などはまだ置いていないから、これから買ってくる予定。

そのほかにも二階には共用スペースとしてキッチンやリビング、お風呂《ふろ》などがある。

お風呂にもこだわらせてもらっており、檜《ひのき》に似た木材があるためそれを使った浴槽《よくそう》を組み立ててもらった。

この木材は湿気《しっけ》を吸いにくくかびにくいことで有名だったようだが、お風呂に使うことまでは考えられていなかったようだ。

でも、耐熱性《たいねつせい》も優《すぐ》れているので今後、この工務店で請《う》け負う工事では薦《すす》めてみると言っていた。

三階は寝室《しんしつ》と書斎《しょさい》。

私が寝《ね》る主寝室は執務室《しつむしつ》を兼《か》ねた書斎とつながる仕様を残したままだ。

ほかにも六部屋寝室があって、四部屋は『山猫《やまねこ》の爪《つめ》』のみんなに使ってもらい、残り二部屋は客間にしよう。

手分けして壁《かべ》などに傷がないかも確認したがそれも見当たらず、物件の引き渡しは終了《しゅうりょう》。

正式にこのお店は私のものになった。

掲《かか》げられた看板は『蜘蛛の綿雲』、それが私のお店の名前だ。

商品はある程度作ってあるけど、まずは私たちが生活するための道具を揃えなくちゃね。

これから頑張《がんば》るぞ!

番外編　装備と素材と料理と店と

装備素材を集めるための旅の途中《とちゅう》、リリィは『山猫の爪《やまねこのつめ》』のメンバーが装備の手入れをしているところを見かけた。

全員、自分の装備を研《と》いだり鎧《よろい》をオイルで拭《ふ》いたりしている。

リリィの装備はそういったメンテナンスをする必要のない特別な装備なので、かなり珍《めずら》しい光景だった。

「おや、リリィ様。どうしたんですか、そんなところで」

「いえ、装備の手入れをしているところってあまり見たことがなくて」

「リリィ様は装備の手入れをしないのですか？」

「槍《やり》に血が付いたら拭く程度ですね。私の装備はそれで大丈夫《だいじょうぶ》なので」

「……それ、本当に大丈夫？」

ウヒナはやはり不安に感じたのだろう。

一般的《いっぱん》な冒険者《ぼうけんしゃ》の感覚からすれば、メンテナンスのされていない装備で戦闘《せんとう》をするなど自殺行為《こうい》だ。

彼女《かのじょ》たち『山猫の爪』の役目はリリィの護衛である。

リリィが大人しく街で過ごしているだけなら問題ないのだが、リリィは魔石《ませき》を必要とするため自分でモンスター退治に出かける冒険者でもあった。

そんな雇《やと》い主が装備の手入れに無頓着《むとんちゃく》なのは、いろいろとまずいだろう。

そう考え、『山猫の爪』の面々はリリィの装備を点検することにした。

「槍は問題ないですね。本当に血を拭き取っているだけか疑わしいくらい手入れが行き届いています。むしろ、新品といわれた方が納得《なっとく》できますよ」

「盾《たて》も問題ない。オーガの拳《こぶし》を受け止め続けてきたと聞いたから、どこかに歪《ゆが》みがあるかと考えていたけど、どこにも歪みがない。……だけど、この重さは異常。こんな重い盾を常に持ち歩くのは苦労する」

「杖《つえ》も問題ありません。魔力を通したことによる歪みや傷《いた》みがまったく見つかりません」

「革鎧《かわよろい》にも傷ひとつないわねー？　本当にいままで使ってきたのかしらー？」

ケウコ、ウヒナ、アクミ、トモアの四人がそれぞれ調べた結果を述べた。

結果としては、どれもほぼ新品の状態だったということになる。

これはこれでおかしいのだろうが、リリィの装備は女神《めがみ》の作った特別な装備であり、当然のごとく自己修復の機能が付いている。

たとえ破損しても数日で元通りになるのだ。

これ自体はなにもおかしくない結果ではある。

問題は、このような高級品をなぜリリィが持っているかということになる。

「私の装備は特別製ですからね。ちょっとやそっとじゃ歪みも傷もつきませんよ」

「そうなのですね。しかし、そのような装備は非常に高額だと思うのですが」

「お師匠様《ししょう》が遺《のこ》してくれた装備です。ほかにもいろいろな装備があったんですけど、持ちきれないので置いてきてしまったんですよね」

「すごい。これだけの装備が作れるなんて、相当の職人」

「そうねー。どれも名工の手による作品だわー。それを気前よく渡《わた》してくれるだなんて愛されてるのねー」

「そうですね。冒険者の装備となると、駆《か》け出しは石を削《けず》り出した武器や品質の悪い金属の武器、ちょっと魔力伝導性のよい杖、それに厚手の服です。冒険者になる若者というのは、基本的にお金もバックアップもない根無し草がほとんどですから」

こういってはなんだが、冒険者というのは誰《だれ》でもなれる反面、体《てい》のいい何でも屋の側面を持つ。低ランク冒険者が行う薬草採取などは、ちょっとした知識さえあれば誰でもできるようなものだからだ。

しかし、その知識ですらおぼつかない者でもなれるのが冒険者であり、身分証のない者が身分証を求めて一番簡単に所属できるのが冒険者ギルドである。

冒険者の質が、上から下まで差が激しい理由がここにある。

「良質な装備を調《ととの》えるのは冒険者が自分の道を歩き始めるにあたり、最初に乗り越《こ》えなければならない壁《かべ》ですからね。冒険者になったときからそれが揃《そろ》っているというのは、大きなアドバンテージですよ」

「そうなんですね、ケウコさん。私はあんまり考えたことがありませんでした」

「装備の良さは冒険者の信頼度《しんらいど》にも関《かか》わってきます。いくら冒険者ランクが高くても、装備の質が悪い冒険者は、いい仕事にありつけなかったりしますからね」

「それに、駆け出しの冒険者は、田舎者《いなかもの》やあまり裕福《ゆうふく》ではない家庭育ちの者が多い。でも、冒険者ランクが上がって護衛依頼《いらい》を受けるようになると、礼節も大切になってくる。戦い方の講習をやってくれるギルドは多いけど、マナーの講習を行ってくれるところはほとんどない。それが大変」

「マナーがなっていないと大商人や貴族の護衛には選ばれませんからねー。そこも大変なところですねー」

「そういったところも先輩《せんぱい》から指導される機会があると幸運ですが、ほとんどありません。冒険者は先輩後輩があっても全員商売敵《がたき》ですから」

上級冒険者になると仕事の奪《うば》い合いも熾烈《しれつ》になってくる。

駆け出しの頃《ころ》は割のいい依頼を受けるなら早い者勝ちで済んだのだが、上級冒険者になると依頼人から選ばれることが前提の場合も多い。

今回の『山猫の爪』のように護衛依頼の選考だとなおさらである。

旅の護衛であればそれなりの腕《うで》の冒険者をリーダーとし、その配下となる冒険者を雇うことでも成立する。

だが、リリィのように長期で少数の護衛を雇うとなれば、上級冒険者から希望者を募《つの》り選考するというケースがほとんどだ。

そこでものをいうのが実績や装備への投資、マナー、コネである。

リリィの場合はコネがまったく通用しなかったので、それ以外から選抜《せんばつ》された。

ケウコたち『山猫の爪』が選ばれたのも最終的にはリリィの意向であるが、その前段階では商業ギルドの手によってふるいにかけられている。

やはり、日頃の積み重ねなのだ。

「それにしても、リリィ様は槍や盾を扱《あつか》えるだけではなく、魔法も得意なのですね。普通《ふつう》でしたらどちらか一本に絞《しぼ》りそうなものなのですが」

「うーん。そこは戦術的な問題ですかね。私はタラトとのコンビで動いていますから、罠《わな》を使った戦い方が基本なんですよ。罠に誘《さそ》い込《こ》むために魔法は便利ですし、罠にはまったあととどめをさすのに槍があると便利です。タラトとコンビを組む前も、いろいろと戦い方の試行錯誤《さくご》をやってましたからね」

リリィの基本は盾で身を固め、盾の裏から槍で刺《さ》す攻撃《こうげき》方法だ。

そこにタラトの糸による拘束《こうそく》や魔法による罠が加わる。

タラトの糸による拘束も、前もって蜘蛛《くも》の巣を作っておく場合や攻撃してきたあとにからめとる場合、草の陰《かげ》などに隠《かく》しておき踏《ふ》ませて足をもつれさせるなど多彩《たさい》だ。

さらにリリィの魔法も加われば、罠の種類は手段も方法も多彩となる。

リリィにとって罠を使った戦法は基本中の基本であり、必殺の手段でもある。

「やっぱり武器も魔法も使えた方がお得じゃないですか。便利ですし」

「便利程度では使いこなせないものなのですが……」

「そこはそれです。ケウコさんたちだってバランスよく集まってますよね?」

「それは確かに。最初はウヒナとふたりでコンビを組んでいましたが、近距離《きより》戦だけでは太刀《たち》打ちできなくなっていたところをアクミに加入してもらい、さらに魔法使いのトモアに加わってもらうことで幅《はば》が広がりましたね」

「それと一緒《いっしょ》ですよ。私はそれをひとりでやっているだけです」

「ひとりでそれをこなすのは、かなり難しいはずなのですが……」

リリィの言いたいことはわかるが、普通の人はそう都合よくなんでもできるわけではない。

ひとつの技《わざ》を習得するのにも多大な時間を要するし、覚えたあとも熟達するまで繰《く》り返し練習する必要がある。

それをリリィは短時間でこなしてしまっているだけなのだ。

これにはリリィの体が特別なことに加え、知識の面でも一般的なものとはかけ離《はな》れた高度なものを持っているためでもある。

例えば、この世界で身体強化は感覚的に習得している者がほぼすべてで、理論的に扱える冒険者はいないといっていい。

そこをリリィは理論的に扱っている。

意識して身体強化を使うことにより、一般的な人間族よりもはるかに体そのものが大きく身体能力も高いオーガの一撃だって受け止められるのだ。

普通はオーガの攻撃を受け止めれば、うまく受け止めたとしても大怪我《けが》をする。

そこをリリィは平然と受け止めてしまう。

もちろん、怪我などしない。

その点についてリリィの理解は追いついていない。

一般常識の欠如《けつじょ》といってしまえばそれまでだが、比べる相手がいないことも理由である。

「しかし、ダイゴセブンティーンは本当に立派な輸送車ですね。よく商業ギルドがこんな輸送車を貸してくれたものです」

「そうですね。でも、おかげで素材集めがはかどりそうなのでよかったじゃないですか」

「それはある。指定されたモンスターは全部大物だった。生息地もバラバラだし、歩いて狩《か》りに行くと移動するだけでも大変。まさに僥倖《ぎょうこう》」

「そうでもないですよ？　商業ギルドとしても、これだけの大物を大量に狙《ねら》える機会など滅多《めった》にありませんから」

「あ、アリゼさん」

リリィたちが話をしているところにアリゼがやってきた。

彼女はダイゴセブンティーンの中で、いままでに狩ったモンスターの状況《じょうきょう》をまとめていたのである。

どうやら、その作業が終わって外に出てきたようだ。

「アリゼさん、ダイゴセブンティーンの積載量《せきさいりょう》って大丈夫ですか？」

「ご心配にはおよびません。……と、言いたいところなのですが、このペースで素材を集めていくと、最後のガイアトータスを制限しなければならなくなるかもしれませんね」

「そこまでなのか？　ダイゴセブンティーンの積載量はかなりのものだと聞くが」

「はい。単純に大型の貨物車両を多数連結しているだけではなく、それぞれの中に空間拡張を施《ほどこ》した貨物室が備え付けてあります。ただ、それでも今回の討伐《とうばつ》ペースは積載上限を上回りそうな勢いで、最後までバランスよくというのは難しいかもしれません」

「ふむ。ペースを落とすか？」

「その必要はありませんよ、ケウコ様。積載量が厳しくなってきた場合は、途中で街に立ち寄り、その街の商業ギルドに販売《はんばい》いたします。大物ばかりですので、大きな街の商業ギルドでなければ難しいですが、なんとかなるでしょう」

当然ではあるが、一言に商業ギルドといっても街ごとに規模の差はある。

本当に最小限の取引をするための機能しか持ってない街もあれば、ヴァードモイのように非常に大規模な商業ギルドまであるのだ。

そして、今回の旅で討伐しているようなモンスターを売り歩くなら、それなりの規模の商業ギルドでなければ難しい。

肉が食べられるモンスターは巨大《きょだい》な冷凍施設《れいとうしせつ》がある街ではないと保存できないし、それ以外の部位についても売り払《はら》うときの量が大量になる。

もちろん、小分けに売ってもいいが、それでは積載量を減らすという目的にはそぐわない。

短期間での旅を目的として食糧《しょくりょう》や燃料を満載にしてきているのも裏目に出ている。

ヴァードモイ商業ギルドの思惑《おもわく》以上に、この素材収集の旅は順調だった。

「そんなに倒《たお》してきたんですね、私たち。気が付きませんでした」

「本来であれば、どのモンスターも赤階級の上位にあたるモンスターなのです。それを軽々と倒している『山猫の爪』の皆《みな》さんが素晴《すば》らしいのですよ」

「私たちの力だけではありません。リリィ様の力添《ちからぞ》えもあってのことです。私たちだけでは、こんなに手早く大量に倒すことなんてできません」

ここまでの道中で戦ってきた相手には、リリィとタラトの手助けが深く関わっている。

リリィは最前線に出なくても魔法による支援《しえん》が、タラトはひっそりと木の上から近づき蜘蛛糸でからめとることができる。

どちらも強力な支援手段なので、殲滅《せんめつ》力が段違《だんちが》いに上がるのだ。

それに、結局のところ、護衛も兼《か》ねリリィとタラトもある程度までは近くに来ることとなるため、状況を見ていくらでも支援ができる。

ただ守られるだけの護衛対象ではないのがリリィの強みである。

ただ守られるだけの護衛対象であれば、自分は護衛と一緒にヴァードモイに残り、ほかの冒険者を雇って素材を調達すればいいだけなのだ。

それをしないのは、リリィに金銭的な余裕がそこまでないというのもあるが、自分がじっとしているのは性《しょう》に合わないからでもある。

つくづく護衛される側には向いていない。

「それで、ヴァードモイ商業ギルドとしては、どれくらいあると助かるんですか、アリゼさん？」

「ヴァードモイでは希少素材ばかりですので、あればあるだけ助かります。ワンダーディアーは今回の標的の中ですと比較的《ひかくてき》近くに生息していますが、全身の素材を入荷《にゅうか》することなどできません。アサシンマンティスやガイアトータスになると遠方過ぎて入手自体が困難になります。トレント素材は今回のターゲットの中ですと幾分《いくぶん》流通量が多いですが、それでも高値になります。どれもヴァードモイ商業ギルドとしては揃えておきたい素材ですね」

「そんなにですか。商業ギルドってもっと活発に素材の取引を行っていると思っていました」

「取引自体は行われていますが、遠方でしか手に入らない素材となると希少価値が上がります。いくらお金を出しても、品物がなければ手に入りません。そう考えると、よりこの機会に手に入れておきたいのです」

「そういうことですよ、リリィ様。お金があればなんでも手に入るわけではありません。現に、リリィ様のスパイダーシルクだって入手困難じゃありませんか」

「……そう言われると、そうですね」

リリィは、この世界に馴染《なじ》みきっているとはいえない。

その最たる側面が『お金で物が買えると思い込んでいる』ことだろう。

この世界は魔道車による輸送技術により、ある程度の流通が保証されている。

それでも最大の輸送手段はまだ荷馬車であり、ダイゴセブンティーンのような大型の輸送用魔道車は普及《ふきゅう》していない。

どのような手段をとっていたとしても輸送力に限界はあるし、そもそも論として大量生産がされているわけではない。

生活必需品《ひつじゅひん》とはいえないような高級装備の素材が、そんな手軽に手に入るはずがないのだ。

リリィの作るスパイダーシルクやマナスパイダーシルクも同様であるが、高級品は値段が高いだけではなく希少価値も高い。

これがこの世界の一般常識である。

「うーん、ままなりませんね。ダイゴセブンティーンってどれくらいするんでしょう？」

「どれくらいとは、価格のことですか？」

「はい。商業ギルドが持っているくらいの輸送車なので高いのはわかっているんですけど、それでもおいくらくらいなのかなと」

「それは私にもわかりません。ダイゴセブンティーンは大規模な商業ギルドのみが所有する特別な車両で、一般販売されているモデルではないのです。そもそも、このクラスの輸送車両になると運転が大変などというものではありませんからね」

「そうなんですか？」

「もちろんです。直接後ろが見えるわけではないのでバックには不安がありますし、連結されている貨物車両が想定外の動きをする可能性もあります。ダイゴセブンティーンの貨物車両にはそれぞれ自走機能も付いているため、そちらを頼《たよ》りにバックすることもできますが、基本的には前進しかできませんね。前進もある程度の回転半径がないと曲がることができません」

「いろいろ難しいんですね、車って」

「小型車両ならそこまで気にする必要もありませんよ。私も小型魔道車を所有していますがなかなか快適です」

「魔道車かぁ、高いんでしょうね」

「馬車よりも高いですね。馬の世話をすることを考えると手に入れやすい移動手段ではありますが、まだ価格的にはお手頃とはいえません。一般市民へ普及するには、もう少し時間がかかりそうです」

「でも、移動することを考えると便利なんでしょうね。魔道車があると」

「便利なのは否定しませんが……宿暮らしでは駐車場《ちゅうしゃ》所の確保も大変ですよ？　馬車や魔道車の駐

車場がある宿は高級宿ばかりですし、駐車場代も別に取られます。拠点《きょてん》を定めてから買うことを考える方がよろしいですね」

アリゼは専属担当を任されるほど優秀《ゆうしゅう》なギルド職員であり、その報酬《ほうしゅう》も高い。

いろいろな守秘義務や長時間の勤務、行動の制限も多くなるが、報酬もそれ以上に多くなるのだ。

そのため、同年代の一般市民よりはるかによい住環境《じゅうかんきょう》を手に入れている。

若い女性のひとり暮らしでは考えられないくらい快適な家に住み、小型車とはいえ魔道車を自家用車として保有している。

当然、毎月の生活コストも高くなるが、生活コストが高い分、安全な住環境も整えられていた。

それがギルドの上級職員として当たり前の知識であり、最低限確保しなければいけない環境である。

「拠点ですか？　例えば家のような？」

「そうです。冒険者パーティでも大人数で一カ所の街を拠点として使用する場合、宿ではなく家を借りると聞きました。ケウコ様たちはどうしていたのでしょう？」

「私たちか。私たちは家を借りたことがないな。あまり一カ所の街を拠点とするような暮らしはしていなかったし、街から遠出をして野営することも多かったので、家を借りることはなかった。ですが、リリィ様がヴァードモイで長期間暮らすのでしたら、家を借りることも考えてよいかもしれませんね」

「家ですか、私もあんまり考えていなかったですね」

「長期間をひとつの街で過ごすのでしたら宿よりも借家の方が安く済むこともあります。護衛をする上でも、人の出入りの激しい宿より借家の方がやりやすいですね」

「なるほど。負担が減るのはいいですね。旅の間にいろいろと考えておきます」

「そうしていただけますか。ところで、アリゼ殿《どの》。街にいるとき、普段の食事はどうしているのだ？　上級職員ともなると忙《いそが》しいのでは？」

「食事は、ほぼ商業ギルドの食堂で済ませてしまいます。その方が安全ですし、お得ですから」

「ふむ、私たちが冒険者ギルドなどで食事をとるのとはまた理由が違うのだな」

「冒険者が冒険者ギルドで食事をとるのは、単純な食事だけではなく仲間内での情報交換《こうかん》や親睦《しんぼく》の意味もあると伺《うかが》っています。商業ギルドは、職員の健康と毒物を混ぜられないための安全管理ですね」

　ギルドが違えば食事に対する考え方も変わるものである。

　アリゼの言うとおり、冒険者にとっての食事は親睦を深める意味合いが強い。

　だが、商業ギルドの職員にとっては親睦もあるが栄養補給という側面が強く、各自守秘義務を負うために酒を酌《く》み交《か》わす機会も冒険者ほど多くはない。

　どちらがよい悪いではなくスタンスの違いだ。

「でも、アリゼさんって料理もできますよね？　この旅の間も料理番をしてくれていますし」

「ある程度ならできます。ただ、どうしても帰るのが遅《おそ》くなるのと、ひとり暮らしで食材が余りがちになるのとで自分の家では滅多に料理はしないんですよ」

「滅多にということは、たまにするんですか？」

「休日に時間が取れたときですね。あまり手の込んだ料理は作りませんが、簡単なものを作って食べることはあります。はっきり言って趣味《しゅみ》です」

「趣味でも作れるのはすごいですよ。私はあまり得意じゃないですから」

「リリィ様も料理をするのですか？」

「本を見ながらですけどね。レシピ本を見ながら作れば、普通は失敗しないので」

「本？　リリィ様は料理をしながら本を読むのですか？」

「本を読むというか、本に料理に必要な材料や入れる順番、料理の手順が書いてあるというか」

「……それ、すごいことですよ？」

「え、そうなんですか？」

「はい。料理のレシピは商業ギルドや料理人ギルドで一般公開したものを除けば、各料理人の秘伝です。それぞれの宿や酒場、料理店で持っている特別なレシピもあります。商業ギルドや料理人ギルドに料理のレシピを売れればお金になりますが、そういった方は店をたたむ料理人ですね」

この世界だと、まだ料理レシピが出回るということは一般的ではない。

アリゼの言うとおり、料理のレシピは各店の秘伝となっており、弟子《でし》として入った者たちに教えるかどうかさえその店による。

それくらい門外不出のものなのだ。

それをリリィは大量に知っているし、本として持ち歩いている。

レシピ本は、料理人からすれば垂涎《すいぜん》の品だろう。

「リリィ様、この話は外でしないほうがよろしいかと」

「わ、わかりました。気を付けます。……ああ、でも。ヴァードモイで泊《と》まっていた宿でいくつか披露《ひろう》してしまったかも」

「それでしたら、これ以降は注意してください。……ちなみに、どのようなレシピが載《の》っているのでしょうか？」

「ええと、ちょっと見てみますね」

リリィはリュックの中からレシピ本を取り出す。

この本も女神がリリィに用意してくれた本である。

つまり、周りの者からすれば、絵はわかるが書いてある文字はわからない。

ただ、完成予想の絵が描《か》かれているだけでも、この本の価値が高いことを意味している。

それくらい、高位冒険者である『山猫の爪』と、上級ギルド職員であるアリゼにはすぐにわかった。

「うーん、この季節にお薦《すす》めなのは……冷しゃぶサラダか。これなら作れるかな？　でも、冷しゃぶ用の薄切《うすぎ》り肉はどうしよう？」

「なにかお困りでしょうか？」

「あ、ええと、肉を薄切りにしてほしいんです。すぐにゆであがるよう、本当に薄く」

「なるほど、それは普通のナイフだと大変そうだ。トモア、魔法でできるか？」

「はい。お任せください」

どうやら魔法で薄切り肉は解決できそうである。

タレはリリィの所有している調味料から出すこととなった。

これもまた女神の小屋にあったものなので、リリィが使う限りなくなることはない。

この世界にも醤油《しょうゆ》や味噌《みそ》はあるが、まだポン酢《ず》を発見していないリリィにとっては貴重品だ。

さて、冷しゃぶの調理だが、これ自体は一般的な冷しゃぶの調理とさほど変わらない。

調理に使う水が魔法で呼び出した水に置き換《か》えられるくらいだ。

サラダとなる葉物野菜は、奮発してダイゴセブンティーンに積まれているものを使う。

野菜を洗って一口サイズにちぎり、薄くスライスした豚肉《ぶたにく》は沸騰《ふっとう》したお湯で色が変わるまで湯通ししてから冷水で冷やし水気を切る。

水気を切るところも魔法で解決した。

あとは、サラダと豚肉を盛り付けてポン酢をかければ完成である。

今日は冷製パスタも付け合わせに用意した。

旅の中でこういった食事を準備するのは、なかなか贅沢《ぜいたく》だ。

「よし。それでは、いただきます！」

「リリィ様。不思議だったのですが、その『いただきます』とはどういう意味なのでしょう？」

「ああ。私たちの住んでいた地域で食材や料理をしてくれた人など、すべてに感謝を込めていう食前のあいさつ……だったかな？　もう、当たり前になりすぎていて記憶《きおく》があいまいになってしまいました」

「なるほど。私たちが食事の前に祈《いの》りを捧《ささ》げるのと似たようなものなのですね」

「そうなります」

「意味もわかったところで失礼して……おお、この冷しゃぶという肉入りのサラダ、さっぱりとしていて食べやすい！」

「冷やしてあるから、暑い季節にはぴったり。それに、この『ポン酢』というドレッシングもいい。ちょっと酸味が強いけど、それが風味を引き出してる」

「そうねー。好みが分かれそうだけど、なんでも食べることが前提になる冒険者には嬉《うれ》しい食事だわー。やっぱり、暑い季節は冷たいものが食べたいもの」

「冷製パスタというものもいいですよ。普段食べているものを冷やして爽《さわ》やかなソースをかけただけですが、まったく違う味わいになっていて食べやすいです。旅の間、これほど豪華《ごうか》な食事にありつけるだなんて思いもしませんでした」

今回の料理は『山猫の爪』には大好評である。

それに対し、一口ずつ口をつけた状態で考え込んでいるのがアリゼだ。

口に含《ふく》んだときの驚《おどろ》きようからして、口に合わなかったわけでもなさそうである。

一体なにについて考え込んでいるのだろうか？

「リリィ様。これにかかっているソース、『ポン酢』といいましたね？　それを量産することは可能でしょうか？」

「ポン酢ですか？　本に作り方が書いてあれば量産できますが、そうでなければ作り方まではわかりません。どうしたんですか、急に？」

「いえ、このソース、間違いなく売れます。好みは分かれるでしょうが、さっぱりとしていて夏を乗り切るにはもってこいの商品でしょう。それに、夏以外でも脂《あぶら》の多いステーキなどをさっぱりと食べることができるかもしれません。量産して売り広めることができれば、ソース分野での革命が起こる可能性があります」

リリィとしては、自分が食べる分のことしか考えていなかった。

そのため、『売る』という思考に持っていけなかったのだ。

アリゼのいうとおり、この世界のステーキソースはこってりとしたものが一般的である。

そこに、ポン酢を使ったさっぱりとしたソースが出てくれれば、新たな商機を見いだせるということだ。

このような商売という方面について、アリゼは商業ギルドの職員としての嗅覚《きゆうかく》が優《すぐ》れている。

「ポン酢の作り方……ああ、醤油に柑橘類《かんきつるい》の搾《しぼ》り汁《じる》を混ぜるだけですね」

「え？　それだけだったんですか？」

「それだけみたいです。私のポン酢には、それ以外の調味料も入っていると思いますが、それらがこの地域で手に入るかどうかわかりません」

「わかりました。念のため、その調味料の名前を教えていただけますか？」

「『みりん』です。ライスから作られる調味料ですね」

「『ミリン』……聞いたことがありません。ライスから作られるお酒ならば知っています。その一種でしょうか？」

「ちょっと待ってください。……ふむ、みりんはライスをお酒にするのではなく、ライスをある種のお酒に浸《ひた》して作るものらしいです」

「なるほど。なんとなくですがお酒造りに近いものを感じますね。そうなると、そのミリンという調味料をすぐに用意するのは難しそうです」

「お酒造りと同じで、作り手の技量が問われそうです。確か、醤油は手に入るんでしたよね？」

「はい。生産地はヴァードモイの近郊《きんこう》というわけではありませんが、それなりの量を入荷しています。独特の味わいがあって愛好家が多いソースとなります」

この世界には醬油も味噌もある。

完全な機械生産をしている工場もあるため、品質のばらつきを抑《おさ》えた商品さえある程《ほど》だ。

ある程度大きな街に行かねば手に入りにくいものではあるが、長期間の保存が可能な瓶《びん》もあるため、小規模な街であっても依頼をしておけば手に入れることができる、それくらい身近な存在でもある。

では、醬油があったのにポン酢、正確には醬油ポン酢がなかったのはなぜかというと、柑橘類の搾り汁と醬油を合わせるという概念《がいねん》がなかったからだろう。

発見とは、一番はじめに考える者こそが大変なのである。

「ほかにもなにか暑い時期の食欲改善方法はご存じないでしょうか？」

「うーん。私はあまり知りませんね。この本になにか書いてあればわかりますが」

リリィは女神の本を調べてみる。

そこには、夏向けのメニューがずらりと並んでいた。

やはり暑い季節向けというのもあるのだろう、さっぱりとした料理が並んでいる。

ただ、問題がひとつだけあり、この本を読めるのがリリィだけのため、リリィが内容を読み上げる必要があるということだ。

「……面白《おもしろ》いですね。すべてリリィ様の郷土料理ですか？」

「郷土料理というかはわかりませんが、夏に食べられている料理だと思います。私もあまり食べたことがないので、どんな味かは想像しかできません。でも、この本に載っているということは美味《おい》しいはずです」

「おや？　リリィ様も食べたことがないんですか？」

「私、師匠とふたり暮らしだったので、あまりこういう料理とは無縁《むえん》だったんですよ。ある程度工夫《くふう》して食べられればいい、程度の料理しか作ってこなかったので」

これはもちろんリリィの作り話ではあるが、ある意味本当のことでもある。

リリィが女神の小屋で過ごした三週間の間に食べた料理は、基本的にリリィの自炊《じすい》料理だった。

だが、リリィはそこまで凝《こ》った料理は作らず、本を参考に簡単に作れて栄養も偏《かたよ》らない食事を心がけていた。

その結果として手の込んだ料理とは無縁なのである。

「それよりも、ヴァードモイにはこういった料理を出すお店はないんですか？」

「そうですね、私が知っている限りだとありません。どれも工程を聞くとシンプルな料理ですし、有名な料理店では手の込んだ料理をよしとするため扱わないでしょう。酒場なども酒のつまみとして好まれる濃《こ》い味付けの料理が多いですね」

「ないですか。じゃあ、こういった料理を出すお店があれば流行《はや》りますかね？」

「どうでしょう？　最初は物珍《ものめずら》しがられるかもしれませんが、その先までは見通せません。酒場は量で勝負するお店も多いですし、高級店は料理以外にも店の雰囲気《ふんいき》や場の静けさなどを売りにしています。さすがに料理店が流行るかどうかまでは責任を持てません」

アリゼはリリィの専属担当であり、商業ギルドから派遣《はけん》されている相談役のような存在である。

そのため、軽々しく儲《もう》かるかどうかわからないことを勧《すす》めるわけにはいかない。

商業ギルドからすれば、リリィはスパイダーシルクという希少価値のある布を取り扱う重要な存在なのだ。

そんな相手であるリリィに対して根拠《こんきょ》のないことを言い、あとで問題化すれば商業ギルドの損失は多大なものになる。

極端《きょくたん》にいえば、リリィがヴァードモイにいる理由は前の街でお勧めされたからであり、ヴァードモイにいなければならない積極的な理由は少ない。

ヴァードモイであれば様々な品が手に入りやすく商売もしやすいという利点はあるが、布商人としてスパイダーシルクを売るだけならばヴァードモイ以外の街でもできることであり、そのときにほかの布も手に入れてもらえばよいのだ。

リリィは気付いていないが、リリィの立場は他人が考えるよりも強いのである。

「うーん、料理は難しいですか。私が手軽に食べにいけるようなら助かったんですけど」

「それだけの理由で料理店を作る方はほぼいらっしゃいません。それでしたら、料理専門のメイドを雇う方が安上がりですし確実です」

「それもそうですね。なんにせよ、まずは拠点となる家などを手に入れてからですが」

「家……リリィ様、ヴァードモイに戻《もど》られたあと、居住スペースのついた店舗《てんぽ》を見て回るつもりはございますか？」

「居住スペースのついた店舗ってお店のことですか？」

「はい。リリィ様でしたら、店舗の購入《こうにゅう》費用はすぐにご用意できるでしょうし、銅商人であられるので商業ギルドからの融資《ゆうし》も可能です。いかがでしょう？」

「うーん、やっぱり自分のお店を持つのは夢ですけど、そんな簡単に持ってもいいものですかね？」

リリィの強みは魔法裁縫《さいほう》による大量生産だ。

だが、どうしても新品の服を取り扱うことになるため、価格は古着を扱う店よりも高くなる。

ヴァードモイの市民は、ほかの街に比べると裕福ではあるが、物価もそれなりに高く、高価な服をたくさん買う余裕があるかというとそうでもない。

決して多いとはいえない余裕を服に向けてくれるのか、そこが問題になってくる。

「リリィ様は難しく考えていらっしゃるかもしれませんが、リリィ様でしたら大丈夫だと考えています。根拠は、旅の間も描《か》いていらっしゃる服のデザインです」

「服のデザイン？　あれですか？」

「はい。少し拝見させていただいただけですが、いまのヴァードモイにはない新鮮《しんせん》なデザインで目を引くことでしょう。それに、リリィ様は魔法裁縫で服を作られるので、布を余すところなく使え、縫《ぬ》う手間も省けます。それらを価格に反映させて安くすることで他店との差別化を図《はか》れるでしょう」

「な、なるほど。ちなみに、ヴァードモイには女性服専門のお店ってあるんですか？」

「女性服専門ですか？　聞いたことがありませんが……。ケウコ様たちはいかがでしょう？」

「私も聞いたことがありませんね」

「私もない。というより、それってお店の経営が成り立つの？」

「普通は男の人がお金を持つものねー。女性服専門なんて聞いたことがないわー」

「そうですね。男性向けの専門店なら大きな街にはいくつかあります。ですが、女性服専門店というのは聞いたことがありません。ああ、大商人や貴族向けのドレス専門店ならあるかもしれませんね」

「やっぱりそういうお店ってないんですね。ふむ、それならいけそうかも」

「リリィ様？」

「いえ、こっちの話です。お店の件、考えておきますね。いまは素材集めに集中しないと」

「わかりました。この素材集めでも得られた利益の一部をお支払いいたします。お店の開店準備金に充《あ》ててください」

このようにしてリリィの『お店を持つ』という具体的な目標が決まった。

なお、このことはダイゴセブンティーンに搭載《とうさい》されている専用無線機でヴァードモイ商業ギルドまで伝わることとなり、リリィの帰還《きかん》にあわせて候補物件を見繕《みつくろ》うことになる。

リリィが自分の店舗を持つまでもう少しであった。

あとがき

はじめましての人ははじめまして。お久しぶりの人はお久しぶりです。あきさけです。

今回は私の本を手に取っていただき、まことにありがとうございます。

本作品は第5回ドラゴンノベルス小説コンテストにて大賞をいただき、書籍化《しょせきか》作業を開始して……という流れでおおよそ一年以上を準備時間に費《つい》やして出版に至りました。

出版に時間がかかった理由はいろいろとありますが、昨今のラノベ界隈《かいわい》って大変なんだな、って身につまされる思いでした。二年近く出版できていなかった間に状況《じょうきょう》がこんなに変わっていたとは。

本作の内容をざっくり書くと、病気のため若くして亡《な》くなった少女が、異世界に転生し蜘蛛《くも》のモンスターをテイムしたことで、その布（スパイダーシルク）を使った服作りを目指す、といったものです。

ありきたりな転生ものではありますが、それなりに年齢《ねんれい》は重ねていたけど幼い頃《ころ》から病室に隔離《かくり》され続けていた主人公の世間知らずっぷりと、明るく暢気《のんき》な性格が売りかなと考えています。

あと、タラト。絵師様に『この蜘蛛を可愛《かわい》らしくデフォルメして描《か》いてください！』という無茶ぶりのもとに描いていただいたものですが、非常に可愛らしくなりました。リアルな蜘蛛だったら作者も嫌《いや》ですからね！

それから、今回は装備もこだわりました。

リリィの装備は時代的に不釣《ふつ》り合いなリュックとテント、自分の体よりもはるかに大きな盾《たて》に短い槍《やり》と魔法《まほう》用の杖《つえ》（おまけで鞭《むち》もありますが、フレーバー的なもので使いません）です。

リュックやテントが世界観とマッチしなくてもいいという指示は私が出したもので、リリィの存在を際立《きわだ》たせるものになっています。

装備ではもうひとつ、盾。ガン盾槍チク戦法が好きなんです。盾の元ネタはわかる人にはわかると思うので割愛《かつあい》します。楽しいよね。

また、この小説の始まりはとあるMMOゲームの終わりからです。オンラインゲームをプレイした方でなければわからないかもしれませんが、サービス終了《しゅうりょう》日《び》というのはいろいろとこみ上げてくるものがあるのです。私のプレイしていたゲームではサーバー停止時間までプレイヤーが一カ所に集まったりとか、いろいろやってました。

それでは最後に謝辞を。今回編集に携《たずさ》わってくださいましたK様、リリィたちを素敵《すてき》なイラストに仕上げて下さったタムラヨウ様、いろいろと誤字脱字《だつじ》誤用があった原稿《げんこう》に赤を入れてくださった校正の皆様《みなさま》、本を出版するにあたり支えてくださった皆様、本当にありがとうございました。

願わくば、次巻でお目にかかれることを信じて……続刊したい！

あきさけ

本書は、カクヨムで開催された「第5回ドラゴンノベルス小説コンテスト」で大賞を受賞した「私、蜘蛛なモンスターをテイムしたのでスパイダーシルクで裁縫を頑張ります！」を加筆修正し、一部改題のうえ書籍化したものです。

DRAGON NOVELS
ドラゴンノベルス

私、蜘蛛なモンスターをテイムしたので、スパイダーシルクで裁縫を頑張ります！

2024年12月5日　初版発行

著　　者　あきさけ

発 行 者　山下直久

発　　行　株式会社 KADOKAWA
〒102-8177　東京都千代田区富士見2-13-3
電話 0570-002-301（ナビダイヤル）

編　　集　ゲーム・企画書籍編集部

装　　丁　寺田鷹樹（GROFAL）

D　T　P　株式会社スタジオ205 プラス

印 刷 所　大日本印刷株式会社

製 本 所　大日本印刷株式会社

DRAGON NOVELS ロゴデザイン　久留一郎デザイン室+YAZIRI

ISBN978-4-04-075695-0　C0093

ドラゴンノベルス好評既刊

捨てイヌ拾ったらテイマーになった件

自称・平凡な男子高校生は、強すぎるペットたちと共にダンジョン無双

反面教師　イラスト／チワワ丸

うちのポチは可愛くて最強！　頼れる仲間と楽しいダンジョン配信ライフ！

絶賛発売中

「お前、ウチに来るか？」「わふ！」１匹の子犬を拾ったことで、平凡な高校生・透は世界でも稀なテイマーに覚醒した。憧れのダンジョン探索者として初の冒険で、なんとポチがボスを一蹴。ポチ、もしかして最強!?　実力を見込まれ、有名配信者の久藤明日香にスカウトされた透。配信をすればポチの可愛さと強さに話題が沸騰。日本初のテイマーとして大注目され一躍有名に！最強のペットたちとおくる、無敵のダンジョン配信ライフ！

KADOKAWA